双葉文庫

3時のアッコちゃん

柚木麻子

menu

3時のアッコちゃん

　ソーダ味のアイスキャンディーの最後のひとかけをかじりとると、前歯の付け根から頭のてっぺんにかけてぴりりと白い稲妻が走った。もしかすると、虫歯があるのかもしれないが、治しに行く時間もお金もありはしない。視界がチカチカして目を閉じたせいで、だらしなく腰かけているレジ台の前に客が立ったことに、澤田三智子《さわだみちこ》はしばらく気付かなかった。ずっと店内をうろつき本をめくっては棚に戻す、を繰り返していた背の高い女がようやく購入する商品を決めたらしい。骨っぽい大きな手で目の前に本のタワーが積み上げられる。「風にのってきたメアリー・ポピンズ」「パディントンのクリスマス」「ライオンと魔女」「不思議の国のアリス」「クマのプーさん」……。状態が良い割りにはリーズナブルなことで定評のある児童書専門の古本店とはいえ、この人は随分たくさん買い込むなあ——。そういえば、幼い頃によく読んだイギリスの児童小説ばかりである。どれもお茶のシーンが多いんだよな、と三智子は視線を本の背表紙からその客へと移す。おかっぱ頭の下でぎろりと光る黒目がちの目にぶつかり、悲鳴を飲み込んだ。

「はずれ」

約半年ぶりに再会したかつての上司、アッコさんこと黒川敦子《くろかわあつこ》さんはこちらが何か言うのを封じるように言い放つと、三智子が食べ終わったばかりのアイスキャンディーの棒を取り上げた。言われてみれば木片には何も書かれていない。アイスキャンディーに限らず、これまでの人生で三智子は「アタリ」を出したことがなかった。定規で切りそろえたかのような前髪と開衿シャツを汗で額と胸元に張り付かせ、アッコさんは勝ち誇ったようにこちらを見下ろしている。

「店番している時くらい、飲食は我慢しなさい。まったく、意地汚いのねえ」

彼女のがっちりした肩越しに覗く出入り口からは真夏の靖国通りが見え、黒々と輝くアスファルトが日光を跳ね返している。街路樹で猛る蟬の鳴き声が再び聞こえてきた。

「アッコさん……」

三智子はしばらくの間、どんな言葉も発することが出来なかった。この人って本当に人間なのかな。例えば、メアリー・ポピンズみたいな一種の妖精なんじゃないのかな。この半年、メールをしてもほとんど返信してもらえず、たまに連絡がついてもそっけなく、寂しい思いを噛み締めていた。何も出来ない自分に絶望し、慌ただしい日常に飲み込まれることにようやく慣れた頃になって、なんだってひょっこりと姿を現すんだろう？　いまさら遅い、と泣きたいような気持ちだった。アッコさんは手近にあった低い脚立を引き寄せるとその上に腰を下ろし、三智子と視線の高さを合わせた。

「女の子は体を冷やしちゃだめって親から教わらなかったの？　暑い時に冷たいものばっかり食べるとよくないわよ。余計疲れて、集中力が下がるわ。今がよくても九月になった時にがくっと疲れが出るわよ。あなただってもう二十五歳なんだから」

以前と少しも変わらないアッコさんの怒濤のお説教が、今の三智子にはこたえた。ずっと会いたかった人が目の前にいるというのに、沈んでいくような疲労感と恨めしさしかない。このところ、夜になってもうだるような暑さが続き寝付けないため、日中はあくびばかりしている。店内には古い扇風機が一つあるきりで、どんなに頼んでも隆一郎《りゅういちろう》は「エコじゃないよね」の一点ばりでクーラーを取り付けてくれないのだ。アッコさんが長財布を手にしているのに気付いて、三智子は慌てて本を紙袋にまとめて金額を告げた。

「領収書お願い。宛て名は『株式会社　東京ポトフ＆スムージー』で」

「あれっ、東京ポトフってスムージー屋さんと合併したんですか？　あ、そういえば、コニーさんってもとはスムージー屋さんでしたよね」

「ポトフの方は今お休みしてるの。暑くなるとさっぱり儲からないんだもの。せっかく従業員を五人も雇って、ワゴンの台数も増やしたっていうのに誤算だったわ。しかも、こう熱帯夜が続くと、明け方近くになっても蒸し暑くて温かいスープなんて誰も飲まないのよ。本当はこういう季節ほど熱いものをとって、汗をかくべきなんだけどねえ」

アッコさんはふてくされたように言い放つと、三智子が書き上げた領収書をひったくり、扇子を取り出してぱたぱたと胸元を扇いだ。あまりにもあっさりと負けを認めるアッコさんに、三智子はショックを受ける。アッコさんというのは失敗などあってはならない絶対的正義で、いつなん時でも三智子の道しるべでなくてはいけないのに。だからこそ、将来は彼女の右腕として「東京ポトフ」で働きたいと一途に夢みていたのに。

「夏の間はコニーにスムージー屋台を頑張ってもらいながら、私は私で次の手を考えるしかなさそうなのよねえ。で、見聞を広めるために、ここ一ヶ月はイギリスを旅行していたのよ。たくさん知り合いが出来たわ。今はこんな仕事を副業で始めているの」

差し出された名刺にはなにやらごちゃごちゃと複数の肩書きが書かれていて、ちょっとばかりうさんくさい。その中に「企業コンサルタント」「プロモーター」「空間プロデューサー」の文字を見つけることが出来た。フランスの次はイギリス……。アッコさんて計画的に見えて、案外行きあたりばったりで気ままに生きているのかもしれない。三智子は自分だけがとてつもなく損をしている気になった。誰もが周囲の迷惑おかまいなしに突き進んでいくのに、自分はといえば、相変わらず命令されて同じ場所をぐるぐる走り回るばかり。とはいえ、何をやりたいかと問われても、口ごもるしかないのだけれど。

「それにしても、客が入ってきてもいらっしゃいませも言わない。調べものがどれだけ忙しいか知らないけど、パソコンから顔を上げようともしないじゃない。そんなんじゃ古書店の妻は務まらないわよ」

三智子がにらめっこをしていたノートパソコンをアッコさんはぐいっと覗き込む。社外秘の資料を開いていたため、慌ててパソコンを閉じた。

「やめてくださいよ……。妻だなんて。今日は会社が休みだからたまたま店番しているだけです。私たち、そういうんじゃないんですから。このお店だっていつまで続くかわからないし」

同棲相手にしてこの「ハティフナット」の店主、笹山《ささやま》隆一郎から絵本作家を目指したい、と打ち明けられたのは二週間前のことだ。昨年末に小さい出版社の無名な児童文学賞の佳作を受賞しただけなのに、隆一郎はすっかりその気になっていて、いざとなれば店を他の誰かに任せ、執筆に専念したいなどと言っている。彼の夢に反対したいわけではないが、自分一人が置き去りにされたようで、なんだか腹立たしかった。

「それにしても、笹山くんは？」

「お昼に出てます。『いもや』で天丼でも食べてるんじゃないですか。節約しろしろって言うクセに、自分には甘いんだから……」

このところ会社が忙しいせいか、一度も就職せずマイペースに自由業を営んできた彼のひょうひょうとした言動に苛立ってしまうのだ。交際がスタートして約二年。プロポーズらしい言葉はもらっていない。続けていくにせよ、確かな手応えや保証が欲しいと思う自分は計算高い女なのだろうか。

「あなた、今もまだ高潮物産《たかしお》にいるんだったかしら？」

「ええ、五月の昇進試験で派遣から契約社員に昇格しました。今は宣伝部広報課にいます。でも、ただの雑用です。毎日毎日、やることがたくさんあって……」

ため息まじりに言い、三智子は徒労に終わったこの数週間を思い返した。山川《やまかわ》部長率いる四人の先輩社員らに頼まれるがまま、会議の議事録を作ったり、サンプルを集めたり、リサーチに駆け回るうちに終業時間になってしまう。自分の仕事にまでとても手が回らず、家に持ち帰って睡眠を削る毎日だ。

「フランスで人気の『ジョゼフ』のミニボトルシャンパンが日本に初上陸するんです。３７５mlで１４００円。十二月のクリスマスシーズンを見据えたシャンパンの販促会議が連日開かれているんですけど、決まりかけた案が先週になってぽしゃっちゃって……」

都内有名外資系ホテルで開催されるカップル限定の販促イベントには、若い女性にカリスマ的人気を誇る、野球選手の妻にしてモデルのＭＩＫＡＫＯをゲストとすることで企画は半ば決定していた。しかし、ライバル社がジョゼフよりも早く同サイズのスパークリングワインを売り出すにあたって、そっくりの販促案を出し、似たような既婚のモデルを起用したドラマ仕立てのＣＭを制作することを発表。自分たちのプランがどこかから漏れたのかと宣伝チームは疑心暗鬼に陥っている。

「代替案を早く出さなきゃいけないんですけど、会議をやってもやっても何も決まらない。チームの皆さんからも意見が出なくてまとまらないんです」

「ねえ、そのチームにおけるあなたの役割はなんなの？」

「なにって……。本当にただの雑用ですよ。会議室を押さえて、声がけして、進行役して、議事録を作って、つまむお菓子を用意して、お茶を配って……」

「すごいじゃないの」

意外な反応が返ってきた。アッコさんは額から流れる汗もそのままに、大真面目に三智子を覗き込んでいる。

「え、ただのお茶汲みですよ。お茶汲み。って言っても紙コップに市販のアイスコーヒーを注ぐだけですけど。今時、こんな仕事させられている契約社員なんて、社内で私くらいですよ」

「ねえ、利休は何故、秀吉に殺されたと思う？」

唐突な切り返しに、三智子は面食らった。

「時の権力者にお茶を振る舞うことで、権力者よりも優位に立ち、政治を意のままに操ることが出来たからよ。お茶を用意することは、場の主導権を握ることなの。話は変わるけどイギリス人は政治に強く、会議が上手いと言われているわ。それはね、どんなに忙しくても三時のお茶を欠かさないからなんだと私は思っているの」

「お、お茶？」

話が予想外の方向に流れていって、三智子はあっけにとられた。

「戦争があろうと、裁判があろうと、三時になればすべてを中止して、ティータイムにするのよ。Everything starts with tea っていうことわざ聞いたことある？」

「いいえ……」

「すべてはお茶とともに始まる、よ。あなたの仕事は雑用なんかじゃないわ。頭の使い方次第では、会議を牛耳れる。会社の舵取りが出来る。なんたって、お茶を用意する係なんですもの。それに今ならチャンスじゃない。進行役なら立場を利用してどんどん企画を出しなさいよ。『雲と木社』にいたときみたいに拙《つたな》くてもいいから、すぐ形にして直属の上司にプレゼンするの」

両手を大きく動かしながら、こちらの頭にくらいついてきそうな勢いのアッコさんに、三智子は後ずさりしたくなる。

一年前まで働いていた、教材専門の出版社・雲と木社の上司だったアッコさんとは、会社が倒産し、三智子が高潮物産に派遣されてからも、彼女が友達のコニーさんと始めたポトフの屋台を手伝わされたりして、師弟関係が続いている。身勝手で高圧的なアッコさんだが、ランチタイムの過ごし方やスキルアップのコツを授けてくれたり、隆一郎との仲を橋渡ししてくれたりと、感謝すればきりがない、人生の恩人なのだ。

とはいえ、もはやアッコさんと三智子は住む世界が違いすぎる。こちらでは誰も契約社員の言うことになど耳を貸さない。でも、そんなことを今口にしようものなら百倍にして言い返されるだろう。だいたいお茶なんかで職場で優位に立てるのなら「お茶汲みOL」が死語になるものか。

「そんな図々しい真似出来ません。部長や少数精鋭の宣伝部広報課のお手伝いってだけで、あたしにはもったいないくらいのポジションなんですから……」

山川部長――。ぐいぐいとみんなを引っ張っていく統率力、迷いのない明晰な発言、ゴルフ焼けした引き締まった上半身。あの半分でいいから隆一郎にもパワフルさがあればいいのにと、三智子はぼんやりと思う。

「ふん。なにが少数精鋭よ。優秀なチームなら、もうとっくに企画が動き出してるわよ。だいたい、そんな誰でも思いつきそうなプラン、他社とかぶって当たり前じゃない。その部長、発想が古すぎるわよ。会議のやり方からして、間違っているんじゃないの？」

憧れの上司や先輩たちがあっさりとこきおろされ、さすがにむっとしてしまう。

「だいたいこんな猛暑にクリスマスの企画なんて考えられるわけないんですよ」

そう言ってうつろな視線を通りに向けていたら、額に強い痛みが走った。なんとアッコさんはデコピンを放ったらしい。

「なに甘えたこと言ってるの。すべてのビジネスの基本は想像力じゃないの。想像力を働かせれば、クリスマスにシャンパンを買わせるくらいたやすいことよ。人は何にお金を払うか？ それは想像力とプロの手間とサプライズになのよ」

「私のような凡人がアッコさんみたいにぽんぽんアイデア出せるわけないですよ」

「まったく口ごたえばっかりねえ。あなた、想像力ってすごく特殊な才能みたいなもんだと思ってるんでしょう。誰だって持ってるものなの。使うか使わないかの差。例えば、あなた小さい頃、ここに並んでいるのみたいな外国の本をよく読んだでしょ。ミンスパイやらコマドリやらニワトコやら、耳慣れない言葉が出て来るとひっかかって読みたくなくなった？　そんなことないでしょ。ちゃんと想像力をフル活用してここじゃないどこかを思い浮かべてみせたでしょ。それよ」

どきりとして、アッコさんの選んだ本のラインナップに目を落とす。幼い頃、図書館と図書室で繰り返し借りて読んだそれらは確かに、三智子に行ったことのない国の匂いや空気、食べたことのない料理の味をまざまざと感じさせてくれたのだ。あの頃はまだ見ぬ世界に思いを馳せることが少しも面倒でも恐ろしくもなく、むしろ楽しかったっけ。

「そうだわ。いいこと思いついた！　週明けから五日間、あなたの会社に通い、会議に出すアフタヌーンティーを用意するわ。本場イギリス仕込みのお給仕をしてあげる」

「アッコさんが？ 高潮物産に来る!? ちょっと待ってくださいよ！ 困ります。絶対来ないでください！」

首から上の血が引き、椅子から転げ落ちそうになったが、アッコさんは意気軒昂と脚立から立ち上がり、さっと紙袋を手にした。

「イギリスでは普通のことよ。企業がティーサービスのプロを雇うのは。私、この習慣は是非、会議ベタな日本の大企業にも定着させたいと思っているの。なにしろ、紅茶の持つテアニンは緊張を和らげ、ディスカッションを円滑にする力があるんだから。ほら、名刺をご覧なさいよ。イギリスにいる間、優秀な執事の指導の下《もと》、お菓子作りと給仕の勉強をしていたの」

複数の肩書きの中に「ティープロフェッショナル」の文字を見つけて、三智子は肩を落とした。ここはイギリスじゃないのに……。アッコさんが来たらどんな騒ぎになるんだろう。

「毎日必ず三時に会議のメンバーを集めるのよ。会議室を押さえておいて。毎回三十分でいいわ」

「え、たった三十分?」

「話し合いは何時間もだらだらやるより、短期決戦を数回重ねた方が効果があるのよ。出張代金はあなたが普段、お茶やお菓子にかける予算をそのまま貰えればいいわ。材料費にしかならないけど、もちろん、ボランティアじゃないのよ。私は自分を企業に売り込むチャンスと前向きにとらえているの」

以前は魔法の羽を手にしたごとくどこまでも飛んでいける気がしたアッコさんのサプライズ提案が、今の三智子には重荷でしかなかった。せっかく契約社員になったのに、奇異の目で見られたくない。気付くとアッコさんは店から消えていて、さっきまでのやりとりが白昼夢のように思われる。アッコさんと入れ違いに入ってきた隆一郎は、のんきに天丼の油で唇を光らせていて、三智子は聞こえよがしにため息をついた。

月曜日

「誰だよ、あんなおっかないおばさん呼んだの!?」

企業向けのティーサービスを雇ったと三智子がしどろもどろに説明するより

早く、真っ先に眉をひそめたのは入社七年目の木村省吾《きむらしょうご》さんである。雪だるまを思わせる、丸いお腹と盛り上がった胸につなぎ目なくぽんとのっかった丸顔は不満ではち切れそうだ。食の専門知識は誰よりも豊富だが、お昼に大食いすることで有名で、そのため午後はいつも眠そうである。会議中はすぐにうたた寝するため、進行役の三智子は注意出来ずにやきもきしてしまう。

　首からくるぶし、手首までもすっぽり覆われた黒いワンピース姿のアッコさんが、入館証をぶらさげて巨大な籐のバスケットを手に受付で待ち構えているのを見た時は泣きそうになった。朝一番の一斉送信メールで案内したにもかかわらず、三時を少し過ぎてからようやく会議室にぽつぽつと集まった四人の先輩と山川部長は、レースをあしらった白いエプロンと帽子を身につけた長身の中年女性を目にするなり、戸惑ったようにじろじろと見た。折りたたみ式の長テーブルはぱりっと糊付けされたクロスで覆われ、ティーポットとティーストレーナー、ミルク壺に砂糖壺、人数分のティーカップとソーサー、ケーキ皿、鈍く輝くスプーン、ナプキンなどが整然と並べられている。「不思議の国のアリス」の帽子屋のお茶会そのものといった現実離れした光景に、三智子は自分がヘマをやったごとく恥ずかしくなる。テーブルの一番隅でパソコンを立ち上げ、デスクトップの議事録から目を逸らすまいとした。

「どうせメイドさんならさあ、もっと若くて可愛い萌えキャラにしてくれればいいのに」

「出張ティーサービスなんて、たかが会議に贅沢すぎるよ。ただでさえ宣伝費カットされてイタいのに。いつものように紙コップのアイスコーヒーとコンビニスナックで十分だよ」

書類で口元を隠し、一重の吊り目をいっそう鋭くしているのは、木村さんの同期の二階堂早苗《にかいどうさなえ》さんである。三智子が小さな声で、予算内で済ませていますが……と説明したがまるで聞こえていないようだ。会議中はほとんど発言せず、なにやらパソコンばかり見つめているのに、普段はぽんぽんと愉快な毒舌やアイデアが口をついて出るというタイプで、三智子は歯がゆくてたまらない。第二子が生まれたばかりでいつも早く帰ってしまう入社十年目の庄野雪子《しょうのゆきこ》さんは、何を考えているのかわからない上品さで微笑むばかりだ。二年前、意表を突いたプロモーションで、台湾製の袋入りラーメンを中高生中心にヒットさせた、八年目の青島礼司《あおしまれいじ》さんは細面の顔をうつむかせ、俺には何も聞いてくれるな、といった風情である。

　ケーキ皿にはかっきりとした二等辺三角形にぽつぽつと穴の開いたショートブレッドが二枚載せられている。本格的アフタヌーンティーと聞いていたので、てっきり三段重ねの皿にきらびやかなケーキやスコーンを思い浮かべていた。失望すると同時にそう大げさなことにはならず、ほっとしてもいる。

「まあ、いいじゃないか。澤田くん、面白い試みだね。ありがとう」

　テーブルを取り巻く困惑の面持ちを取りなしてくれたのは、いつものように山川部長だった。予算や時間をかけることに彼だけは抵抗がない。くしゃっとした笑顔が精悍な顔立ちを幼くして、三智子は一同を見回す余裕をなんとか取り戻す。

「ええと、今週中にジョゼフ販促イベントの概要を決め直さなくてはいけません。モデル路線をやめて、ＭＩＫＡＫＯに替わるイメージキャラクターを決めるか、それとも、有名ホテルでのカップル限定トークショーというあり方から見直していくかどうか……。今日は一度すべてを白紙にします。ブレインストーミングとして皆さんのご意見を自由にお聞かせください」

　こちらがおずおずと話し始めたのを合図に、アッコさんは小鳥と蔦模様が可愛らしいティーポットを手にテーブルを回り、それぞれにお茶を注ぎ始めた。

大きなティーポットの口から紅茶が琥珀色に輝くリボンになって、こここ、というかすかな音とともにカップへと注がれる。思わず引き込まれるような香り高い湯気がそれぞれの頬をふうわりと覆った。アッコさんの動作には一切の無駄がなく流れるようだが、こちらが気後れするようなお高くとまった調子はない。唇はぴしりと結ばれポーカーフェイスであるにもかかわらず、こざっぱりと感じがいいのだ。いつもの厳しい雰囲気は消え、気軽におかわりを頼めるような頼りがいと細やかさを漂わせていた。

「こう暑い時に、どうして熱いお茶なんて飲まなきゃいけないんだよ」

不機嫌そうに吐き捨てティーカップに口をつけた木村さんが、すぐにおや、という表情を浮かべた。庄野さんの色白の顔がたちまちほころび、ほんのりとピンク色に染まる。

「あ、美味しい……。アールグレイね。すごく丁寧に淹れてるのがわかるわ」

最後に注がれた三智子も、一口飲んで目を見張った。ティーカップを傾けるなり、柑橘系の温かい風が喉から鼻を走り抜けていったのだ。ずっと頭に詰まっていた栓がポンと音を立てて抜けたようである。自分の体が会社の強い冷房に慣らされ、芯まで冷えきって縮こまっていたことに今、初めて気が付いた。

しばらくの間は、うっとりとベルガモットの熱い海を漂っているような気分だった。お茶に酔うとはこういうことか。ふと視線を落としたら、ティーソーサーの中央に小さく畳まれたメモが載っている。首を傾げながら、周囲に気付かれないようにかさこそと広げ、三智子はぎょっとする。そこに書かれた文字は明らかにアッコさんのものだった。いや、こんなことが私に言えるわけない――。救いを求め、もはや壁と一体化しているかのように気配を消したアッコさんに目を向けたが、視線を合わせてくれない。二階堂さんが珍しく、感心したように言った。

「このところ、お茶といえばペットボトルの冷たいやつばっかりだったもんねえ。ああ、いい香り。あ、このショートブレッドあったかい。もしかして焼きたて？」

彼女の指摘通り、ショートブレッドはほんのりと温かかった。さくりと歯を立てるなり一瞬にして粉状になった、バターたっぷりの香ばしい嵐が舌の上でダンスを踊る。しばらくの間、室内はさくさくという心地よい音で満ち溢れた。アッコさんが設定したのか、この部屋の冷房の風はそう強くないのに、何故だか暑苦しいとは感じなかった。

「まあ、他社とかぶったのは、うちの企画がありがちだったからかもしれないなあ」

青島さんが紅茶を飲みながら言い、すぐにしまったというふうに口をつぐむ。山川部長はにこにこと彼に向かってうなずいているが、その目が笑っていないことに三智子はぞくりとした。部長は笑みを崩さずに口を開いた。

「でも、クリスマスはカップルのためのものだろう？　ＭＩＫＡＫＯのように男の理想であり、女性のお手本となるようなイメージキャラクター。デートスポットとして最適な、巨大クリスマスツリーのそびえるホテルのラウンジ。シャンパンを魅力的に見せるには欠かせない要素ばかりだよ。練り直すにせよ、路線はそのままでいいんじゃないかな」

その時だった。意外にも、庄野さんが遠慮しいしい割って入ってきたのは。

「でも、ホテルでシャンパンを飲もうとするようなカップルが今どれだけいるか……。若い人は出不精で、イベントでも出来るだけお金を使わないのが主流ですよね」

「いやいや、それでも、変わったのは使う額だけだよ。クリスマスまでには、恋人を作ろうとするのがまだまだ一般的な感覚でしょう。そして、恋人が出来たら忘れられないような思い出を作りたいと思うものだよ、特に女性はね」

　集合が遅かったため、ホワイトボードの上の時計はすでに三時二十五分を指そうとしている。本格的ティーパーティーを開こうがやっぱり何も決まらなかった。こんなのは子供騙し、三十分という短い時間では何も決まらない。でも、少しでも前に進めるために、今はアッコさんに従うしかないのだ。深く息を吸うと、三智子は心を決めた。

「ええと、あの、その、時間が来ましたのでこれで終わりです。これから四日間、毎日三十分、会議をこの部屋でやります。お茶とお菓子を用意しておきます。必ず金曜日までにジョゼフ販促イベントのプランを決定しなくてはなりません。もし、決まらない場合は……、進行役である私の責任で出す企画をそのまま通すということで、部長、よろしいでしょうか」

　語尾が震えてしまう。とても自分の言葉とは思えない。アッコさんのメモには、

『会議というのは、リミットを設けないと何も決まらない。金曜日までに何もなければ自分の案を通します、とまず全員に宣言しなさい』と書かれていたのだ。

「へえ、案外言うなあ。澤田さん……」

木村さんが驚いたようにこちらを見ている。

救いを求めて目をやると、先ほどまでは気になって仕方がなかったアッコさんが今ではしっくりと会議室になじみ、会社の一部にさえ感じられるのが不思議だった。これこそが執事の国、イギリスで身につけた一流のサービスなのだろうか。

「すっごい意気込みだね。やる気は買うよ」

と山川部長は困ったように笑ってうなずいた。

——皆さん、じゃなくて「私」がどう思うか。進行役は舵取りを他人に任せてはだめよ。

離れているのに、何故か耳元でアッコさんのささやき声が聞こえた気がした。

火曜日

今日のメニューはきゅうりのサンドイッチだった。

よほど待ち遠しかったのだろう、一番早く会議室に現れた木村さんは手をこすりあわせせんばかりにしてきゅうりのサンドイッチを見下ろし、翡翠色のスライスと柔らかな白パンとの涼しげなコントラストにうっとりしている。

「へえ、今日はサンドイッチか。昼食べられなかったから、こういうの助かるよ。山川部長は来てない？」

遅刻魔の青島さんが三時前には到着し、弾んだ様子をあらわにした。会議に対するやる気はともかくとして、お茶が楽しみなのはいそいそと時間前にやってきた庄野さんも二階堂さんも同じのようだ。

「甘いものを期待していたけど、こういうおやつも新鮮。口がさっぱりする。今日の紅茶はダージリンね。水色《すいしょく》がきれい。パンによく合う」

「きゅうりの皮はちゃんと剝いてあって、塩もみまでされている。だからパンとバターだけでも美味しいのか。これプロの手間よねえ」

二児の母らしく庄野さんはうっとりした声を上げ、マニキュアのされていない指で小さな長方形にカットされたサンドイッチをつまむ。口々の賞賛は耳に入っているだろうに、アッコさんは相変わらず静かに立ち働くのみで、無表情を崩さない。

食のプロモーションのエキスパートである先輩四名は舌が肥えていて、知識が豊富なのだ。紙コップのコーヒーやコンビニスナックなんかでやる気を出せるわけはなかったのに、と三智子は反省してしまう。これほど本格的なアフタヌーンティーは用意出来ないにせよ、せめて少しはコミュニケーションツールや議論のとっかかりになるようなおやつを考えてみるべきだったのかもしれない。

「小学生の頃、カルメ焼きを授業でつくったのを思い出すなあ」

二階堂さんがくすくす笑いながら、ティーカップをゆったり傾けている。

「よく考えれば、ただの砂糖の焦げ付きなのにね。すごく美味しく感じたの。今にして思えば、あれ学校で食べたからだよね。このお茶やサンドイッチも同じ。会議室なんて普段美味しいもの食べられる場所じゃないから、非日常とドラマ感で余計美味しく感じるのかも……」

ほう、というふうに木村さんがサンドイッチを頬張りながら、身を乗り出してきた。

「非日常とドラマ感か。販促において大切なことだよな。例えばジョゼフのイベントも思いもかけない場所でゲリラ的にやってみるのはどうかな？　全然期待していない場所で冷えたシャンパンを飲んだら、すっごく美味しいし嬉しいと思うんだ」

「なるほど。クリスマスにカップルが絶対デートしないような場所とかは？」

「競輪場はどうだろう？　あ、むしろ競艇なんてどうかな？」

先輩たちが目を輝かせ、ぽんぽんと言葉を交わし合う様《さま》に、三智子は胸が熱くなるのを感じた。ずっと止まっていた時間がようやく動き出した気分である。

これも紅茶の効果なのだろうか。次々と空になっていくティーカップにアッコさんはポットを傾けて回っている。

「ほら、子供の職業体験アミューズメント『キッザニア』ってあるじゃない。あれの大人版みたいなのがあって、そこでお酒が飲めたら、面白いよねえ」

三智子はすぐさま「大人の職業体験」「非日常」「ドラマ感」と議事録に打ち込んだ。

「ふんふん。みんなの提案は面白いとは思うけどねえ」

いつの間にか、遅れていた山川部長が到着し、ドアのところに寄りかかっている。一同は顔を見合わせ、小さな窓が順にぱたんぱたんと閉まるように口をつぐんだ。

「でも、これはレトルト食品やカップラーメンの販促じゃないんだよ。シャンパンだよ。シャンパン。一人のクリスマスにジョゼフは似合わないだろう?」

部長はやんわりと、しかし有無を言わさぬ口調で言い、席に着く。和気藹々《わきあいあい》とした空気は一瞬で消し飛んでしまった。その時、部長の思い浮かべるクリスマスを三智子は悟った。シャンパンがポンと音を立ててしぶきを上げ、街にはカップル以外存在せず、ネオンとクリスタルに彩られたきらきらの聖夜。そして、それは部長以外はここにいる誰一人としておそらく経験したことがない種類のクリスマスなのだ。

水曜日

「あれ、今日、部長は?」

会議室に入るなり、木村さんが早めに着席している一同を見回し、すっとんきょうな声をあげた。三智子は、ついさっき内線で呼ばれるなり顔色を変えて飛んでいった部長からの伝言をそのまま口にする。

「あいにく、急にお客様がいらしたそうです。イギリスのスティーブンス&シルバーストーン東京支社から直々の商談の申し込みらしく……。今日の会議は皆で進めておいてくれと言付《ことづ》かりました。あとで議事録で確認するそうです」

世界的な老舗紅茶メーカーの名を出すなり、木村さんはおおう、と大げさなのけぞり方をした。アッコさんが並べた皿には、キツネ色にこんがりと焼けたケーキが載り、粉砂糖が雪のように振りかけてある。全員が揃ったので、三智子はすかさず説明した。

「今日のお菓子はビクトリアケーキです。イギリスの伝統的なお茶菓子で、スポンジケーキに手作りのラズベリージャムをたっぷり挟みました。お茶はウバを使いました。ストレートで香りを味わった後は、是非ミルクを入れてお楽しみください」

一見ふんわりと軽やかなスポンジだが、フォークを跳ね返すほどみっしりとした弾力だ。午後の陽射しを受けてとろりと輝く深紅のジャムが溢れ出し、酸味と甘みが焼き菓子の重さを引き立たせている。一口食べるなり、誰もが目を細めた。

「美味しい。これくらいこってりな方が紅茶が引き立つ。うーん。甘いもの食べてるって感じねえ。日本の繊細なケーキにはない素朴なずしっと感がいいなあ」

庄野さんの言う通り、爽やかな香りのお茶に食べ応えのあるケーキはよく合った。体中に活力がみなぎる気がして、三智子は皆を見回す。

「昨日のブレインストーミングでは、皆さんの思い描くクリスマスの形が少し見えてきたように思います。大人が子供に返って、好きなことをして過ごす日というか……。例えばですが、今年のクリスマスがもし一人だったら、したいことってなんでしょうか？」

「例えばじゃなくても、どうせ今年も一人よ！」

二階堂さんがいかにも惨めそうな声を上げると、どっと笑いが起きる。

「でも、別に構わない。いつものようにDVDをたくさん借りて、ビールにフライドチキン。大好きな映画を好きなだけ見まくるの。楽しみ」

言葉が嘘ではない証拠に、二階堂さんはにこにこと愉快そうだ。木村さんも胸を張る。

「俺もこの分だと今年は一人かなあ。よし、ピエール・エルメのクリスマスケーキをワンホール独り占めして食べてやるか。明石家サンタでも見ながら。青島さんは？」

「僕はのんびりＩＫＥＡの家具でも組み立てるかなあ。ピザでも頼んでね」

「いいなあ、みんな」

心の底からうらやましそうに息を吐き、庄野さんはティーカップをソーサーに置く。

「今考えると独身のあの時間って本当に贅沢だったんだなってわかる。一人でワインを開けて、自分のことだけ考えて、好きなことをしながら夜を過ごすのって、かけがえのない時間だよね」

庄野さんが目尻に皺を寄せて、少し悲しげに微笑んだ。三智子は思わず睫《まつげ》を伏せる。

子供が風邪を引けば躊躇なく早退し、毎日誰よりも早く帰る彼女は、疎んじられているわけではないけれど、社内では戦力外と見なされている節がある。しかし、子育てのまったただ中にある彼女には帰ったところで自由になる時間などないに等しいのだ。いつかは自分も経験する道なのに、理解を示そうとも立場を置き換えて考えようともしなかった我が身の冷淡さを突きつけられた気がした。反省に押されるように、三智子は自然と口を開く。

「一人を楽しめる贅沢時間……。ジョゼフはおひとりさまクリスマスを肯定、いえ、推奨しませんか」

青島さんがすぐにぷっと笑ったので、三智子は救われる思いだった。

「それいいじゃない。ジョゼフはミニボトルで一人呑みに丁度いいし」

「あの味、淡白だから、料理選ばなそうだもんね。一人呑みの定番、焼き鳥なんて合うんじゃない？　うん、全国の居酒屋チェーンに置いてもらうのもいいかな。ジョゼフと焼き鳥で聖夜のおひとりセットなんてメニュー、どう？」

二階堂さんがケーキをつつきながら、社員食堂でおしゃべりしているのと変わらない調子で発言してくれるのが嬉しかった。

「うわ、部長にこんなしみったれた話聞かれたらやばいぞ。あの人、バブル期の商戦で勝ち続けた栄光が忘れられないんだからさあ」

木村さんが混ぜっ返すと、まばらな笑いが起きる。山川部長がこんなに疎まれているなんてまったく知らなかった。気の毒になるのと同時に、自分も部長と一緒に笑い物になっている気分であり、何やら恥ずかしい。確かに、昨日から薄々感じていたことだが、部長がいない時は場の空気が和やかになっている。皆、彼の経歴や自信満々な態度を前にすると萎縮するのだろうか。一度、部長の評判をちゃんと調べておいた方がいいかもしれない。先輩達はなおも議論を続けている。

「そうなると、いよいよイメージキャラクターはＭＩＫＡＫＯって感じじゃないなあ。一人呑みとかおひとりさまが似合う芸能人かあ。そうだなあ。女優っていうよりはバラエティタレント？」

青島さんの問いに二階堂さんが答えた。

「うーん。そうねえ。一人でいることが自虐的にも、かといってスタイリッシュな絵空事にもならない人がいいね。ああ、彼女も私たちと同じなんだなあ、と自然に感じられる人材がいい」

「そうなると、素人の方が手垢がついてなくていいんじゃない？　そうそう、例えば、人気のある女性ブロガーなんてどう？」

格段に饒舌になった庄野さんの提案を受けて、木村さんがにやりと唇を曲げる。

「ネットといえば、二階堂の『Twitter』が大人気じゃん？」

「やだ、ちょっと、なんで知ってるのよ!?」

今まで見たこともないようなおびえた様子で、二階堂さんはお茶にむせている。

「だってさあ、会議中もちょくちょくつぶやいてるじゃん。俺、後ろからチラっと見ちゃったんだ。アカウント名は@hitori-nomiだっけ。非モテの恨みつらみやら、一人呑みに向く店情報やらキレキレの言葉センスでぶっぱなしてて面白いんだ。有名人にもフォローされてるみたいだよねえ」

「お、フォロワー四万人？　これはジョゼフに利用しない手はないよ」

すぐにスマホを取り出して検索をかけたらしい青島さんが、大きな声で言った。庄野さんが端末を後ろから覗き込み、目を輝かせてうなずいている。

「宣伝部のブログを宣伝ツールに使うことってよくあるじゃない。ジョゼフの販促活動記録を二階堂さんのアカウントでそのままつぶやいて盛り上げていってもらえば。社内の人間を使えばタダだしね」

「いやよ。そんな、さらしものなんて。高潮のＯＬだって知られたくないよ」

「顔出ししなければいいじゃない。就業中、ネットで遊んでることに目をつぶってやってるんだからさ、ね？」

青島さんがさらりと言うと、二階堂さんが青ざめている。三智子は目を見開かされる思いだ。この人たちってこんなに面白くて個性豊かだったんだ。

——もしかして、会議ってすごく楽しいものなのかな？

会議が終わって先輩たちが帰っていくのを見計い、三智子は片付けをしているアッコさんに声をかけにいく。

「みんなで意見を自由に出し合うって大切ですね。あの……、アッコさんのおっしゃってること、ちょっとわかってきたような気がします」

ようやく振り返ったアッコさんは、もう感じのいい給仕係の表情ではなく、いつもの威圧的な元上司のそれを取り戻していた。

「そのためには進行役がちゃんと場を掌握して意見が出せる空気を作らないとだめ。部長がいることでみんなが萎縮していたのが、今日の会議でわかったんでしょう。でも、明日には部長が戻ってくるのよ。彼の顔を潰さずに、せっかく勢いのついてきた流れも守る。あと、あなたなりのプランを最低一つは口に出来るようにしておきなさい。議事録をよく読み返せばヒントは必ず見つかるはず」

一言も逃すまいと、慌ててペンで手の甲にメモを取る。これだけはどうしても聞いておきたくて、三智子は怒らせないように細心の注意を払いながら、アッコさんの横顔に向かって小声で問いかけた。

「まさかとは思いますが、スティーブンス＆シルバーストーンからの御使いってアッコさんが何らかの手をつかって差し向けたんじゃないんですか？　部長に席を外させるために……。今まで高潮がいくらアプローチしても商談に持ち込めなかったのに、いきなり向こうから、よりにもよって宣伝部長を指名してアポなしで訪ねてくるんておかしいと思うんです」

「ふん、イギリスでいっぱい知り合いが出来たって言ったでしょう」

アッコさんはそっけなく言うとこちらに背を向けたが、息を吹きつけながら磨いている銀のおぼんに映った顔は、いかにも満足そうだった。

木曜日

「わあ、美味しそう。今日はスコーンね。あったかい！」

もはや、三時きっかりに宣伝部の先輩チームが揃うことは当たり前になっていた。ふっくらと立ち上がったスコーンの表面は卵でつやつやかに光り、甘い湯気が漂っていた。チーズにクリームに数種類のジャム。添えるものが豊富にあるので、誰もが手を動かしながら、会話を楽しんでいる。木村さんがはしゃいだ声をあげた。

「あ、これクロテッドクリームだろ。日本じゃあんまり見ないよな。お、このママレードも苦くてうまいな。手作り？ うーん、ミルクたっぷりのアッサムが合うなあ」

いつの間にか、真夏に温かいものを食べることになんの抵抗もなくなっているようだ。

「ねえ、聞こうと思っていたんだけど、どこで焼いてるの？ ええと、おねえさん？」

庄野さんの呼びかけにアッコさんは静かに振り返る。「おねえさん」なんて呼ばれて、気を悪くしないかとハラハラしていたが、彼女はごく簡潔ではあるが穏やかに答えた。

「ここまで運転してきたワゴンの中にガスオーブンがあり、移動中に焼き上げたものをそのままお出ししています」

「へえ、暑いのに大変そうねえ。もしかして、ケータリングとかお願い出来るのかしら？ あとで名刺いただける？ 子供の誕生会やＰＴＡで集まる時に是非来てもらいたいな」

庄野さんとアッコさんがやりとりしていると、遅れてやってきた部長が一人一人の顔を覗き込むようにしながら、自分の席を目指してゆっくり歩いていく。

「随分盛り上がってるみたいだね。レジュメを読んだよ。さて、すぐに実行に移せるような具体的な提案はないのかな。もう木曜日だから、のんびりしていられないよ」

皆、黙り込んでしまう。昨日の積極性はどこに消えたのだろう——。この二十四時間の情報収集で三智子もよく理解したつもりだ。山川部長の人当たりが良さそうに見えて誰よりも強情な性格がこれまで何度もプランを潰し、社内でけむたがられるようになり、人数の多い営業推進部からこの少人数の部署に異動になったことを。

誰かが助け舟を出すのをやきもきして待っているのではだめだ。部長が着席するなり、三智子はお茶を一口飲んで姿勢を正す。濃いめのアッサムに眠気が吹き飛んだ。アッコさんの指示通り、昨夜は遅くまでプランを練っていた。

「あの、これはあくまで、もしもなんですけど……」

恐る恐る、三智子は右手を顎の高さまで上げる。

「ジョゼフの販促の場所として、全国にチェーン展開しているレンタルビデオ店なんかはどうでしょう。例えば、業界最大手の『フライングシップ』なんかは、どんな地域にもありますよね。店内にコーナーを設けて、スタッフや地元の派遣会社のマネキンさんに試供品を配ってもらうというのはどうでしょう？試飲コーナーも設けてもらえれば」

　部長や先輩がこちらを見ている。こんなふうにまともに意見を聞いてもらえるのは初めてのことだ。心臓がバクバクするのを抑えようと、紅茶を一口飲んでみる。すっと落ち着いた。ティーソーサーにまた折り畳んだメモがあることに気付き、人目を気にしながらこっそり開くと『緊張をとくためには耳たぶをさわりなさい』とある。三智子は素直に両手を耳にやり軽くもむ。もう、ひるまないことに決めた。ここは会議室。仕事に関するアイデアであれば、何を口にしても許される無法地帯なのだ。

「最近ではビデオ屋さんのレジ横にチョコレートやポテトチップなんか、よく置いてありますよね。決して安売りされているわけでもなく、どこでも手に入るものなのに、売り上げは年々上がっているようです。お腹が空いているわけではないけれど、今夜見るＤＶＤが決まったら途端に何かつまむものが欲しくなる、という経験は私にもあります。別のデータによれば、さるスーパーマーケットのシリアル売り場にバナナを並べたところ、双方の売り上げが飛躍的に上がったそうです。シリアル、バナナ。いずれも一日のエネルギー源として忙しい朝に食べるものですよね。あるものとあるものが意外な形で掛け合わされると、新しい消費欲求を生むのではないでしょうか」

しばらくの間、誰も何も言わなかったが、二階堂さんがいつになく真面目な様子でこちらを見た。

「私、澤田さんのアイデア悪くないと思う。DVDを選ぶのって結構時間がかかるし、プラ容器で提供されれば、棚を見ているうちにあっという間に一杯くらい呑めるんじゃない？　それで帰りのスーパーで見かけたら、ふっと買っちゃいそう。一人でクリスマスシーズンを過ごしている客をピンポイントで狙える、有効なPRだわ」

「タイアップして、シャンパンが効果的に使われているDVDの棚を作ってもいいかもな。よく思いついたねえ」

青島さんも感心したようにうなずいている。皆が興味を示してくれて、ひとまずはほっとしたが、山川部長だけは怪訝そうに首を傾げていた。

「意見は面白いけど、ちょっと意表を突きすぎていないかな？　だいたいその場で売れないんなら意味ないでしょ。試飲だけなんてボランティアじゃないんだよ」

部長は不快感を覚えているのだろうか。三智子は怖くなり、なんとかして場を収めなければ、意見を引っ込めなければと焦る。その時、アッコさんと視線がぶつかった。彼女は顎を引き、まるで「そのまま行け」と命令しているかのようだ。三智子は悟った。

――そうか。これは喧嘩じゃないんだ。議論なんだ。

部長を悪者にして前時代的と決めつけ、その存在に怯え、自分が善良なる弱者と思い込むのは間違いだ。部長は本気で、クリスマスは華やかに過ごすべきもの、贅沢をするもの、と考えている。そこに悪気もおごりもない。勘違いしたままここまで来てしまったのは、彼の性格に問題があるのではなく、誰も彼に意見する勇気がなかっただけなのだ。違う意見がぶつかり合う、それこそが会議なのに。会議のあるべき姿なのに。今こそ、想像力を駆使せねば――。部長を縛っているもの、部長を閉じ込めているもの。それはきっと、商社の華やかなりし時代をその目で見て、支えてきたという自負に他ならない。それはおそらく、彼の核なのだ。そこを否定しては何も始まらない。三智子は懸命に心を落ち着け、極力感じよく、わかりやすく話そうと試みる。

「我が国にキリスト教精神は根付いていません。だから、クリスマスは消費の日としかとらえられていない。これだけ時代が変わったのに、未だクリスマスは外に出るもの、カップルで過ごすべきもの、という考え方が定番です……。その定義に、どうしても寄り添うことが出来ずに傷つく人、コンプレックスを持つ人が多いということを誰もが知っているとしてもです。しかし、八〇年代からそれが変わらないのは、新しいクリスマスの概念を誰一人として提案してこなかったからではないでしょうか」

誰も何も言わない。三智子は頭が真っ白になりそうになった。アッコさんに目を向け、その変わらず少しも視線を合わせてくれない冷たさにかえって勇気を奮い立たせながら、なんとか言葉をつないでいく。

「無理して幸せぶらない、世の中の流れについて行こうとあくせくしない、自分の喜びは自分だけの宝物として穏やかに温めておく……、そんなライフスタイルを提案出来るのは食卓から文化を牽引することの出来る商社ならではの役割なのではないでしょうか。今までにないスタイルの提案は勇気のいることです。でも、山川部長の決断力、ご経験があれば、不可能ではありません」

「え、僕……」

部長は突然名指しされ、動揺したようにこちらを見ている。三智子はうなずいた。

「そうです。我々に出来るのはあくまでもマーケティング。消費者の欲しいものを先取りし、寄り添うことしか出来ません。でも、時代をリードしてきた山川部長のお力があれば既存のルールを破り、新たな価値観を構築することが出来ると思います。ジョゼフの販促を通じて、まったく新しいクリスマスのスタイルを日本に打ち出すことが出来るんじゃないでしょうか」

どうしよう、しゃべり過ぎた。生意気を言い過ぎた。三智子は後悔で、スコーンが喉まで迫《せ》り上がって来る思いだった。会議が終わっても、山川部長はしばらくの間、席を立たなかった。うつむく彼のティーカップに、アッコさんは新しい紅茶を注ぎ、琥珀色の水面を揺らせている。

金曜日

「あら、今日は紅茶じゃないの？」

その日、一番最後にやってきた二階堂さんがあからさまに失望した声を漏らしたが、アッコさんは先ほどからクーラーボックスに身をかがめているので聞こえなかったようだ。その背中からはほのかにガラムマサラの匂いがして、三智子は懐かしい気分になる。雲と木社時代、金曜日のお昼になると、アッコさんはカレー屋さんを手伝っていた。まだ続けているんだ——。ビスマルクに行けば、アッコさんに会えるということだろうか。

確かにテーブルにティーカップはなく、アッコさんが各自の前に並べたのは背の高いグラスと、柊と粉砂糖で飾られたドライフルーツぎっしりの黒っぽい焼き菓子である。山川部長を含め、全員が三時ぴったりに席に腰を下ろしたのは初めてのことだ。今日でティーパーティー会議は終わる。何も決まらなければ、三智子はたった一人で不完全な企画を通さねばならなくなる——。ようやく、立ち上がったアッコさんが手にしているのは、水滴を浮かべたジョゼフのボトルだった。誰もが目を見開いた。

「今日はお茶だけではなく、御社のシャンパンも用意させていただきました」

わ、おねえさんがまたしゃべったぞ、と木村さんは感じ入ったようにつぶやいている。その目は、ほとんど憧れているといってもいいまぶしげなものだ。

「皆さん、何度も試飲されていると思いますが、単体ではなく、色々なものと一緒に合わせて飲むことをおすすめします。肉や魚だけでなく、ジョゼフのシャンパンは軽い口当たりですからお菓子にもよく合うんですよ。今日のお菓子はイギリスの伝統的なレシピで作ったクリスマスプディングです。季節外れではありますが、どうぞ十二月を思い浮かべてお試しください」

そう言うと、アッコさんはボトルを手にテーブルを回り、しゅわしゅわと音をさせてシャンパンを注いでいく。へえ、これがクリスマスプディング——。三智子はまじまじと皿のケーキを見つめる。幼い頃、愛読書に何度も登場した食べ物なだけにかしこまった気持ちになり、背筋を伸ばしてフォークを取った。どっしりした緻密な生地が、口に入れるとほろりと崩れる。酔ってしまいそうなほどたっぷりと洋酒を吸った濃厚なカランツにレーズン、木の実……。まるで舌の上を英国の四季の恵みが駆け抜けていくようだ。初めて経験する味なのにしっくりと舌になじむ。枯れ葉の甘い香り漂う、ひんやりした冬の森から滋養を分けてもらった気分である。冷えたシャンパンで流し込むと、さらに複雑な甘みと風味が生まれた。

「どっしりした焼き菓子にも合うのね、シャンパンって……。考え方次第でまだまだ売り方は出てきそうじゃない」

感じ入ったように庄野さんがうなった。

「実は中におまけが仕込んであります。イギリスでは、プディングに銀の指ぬきが入っていた人には幸運が訪れると言われているんです」

アッコさんの宣言に場はより一層盛り上がった。皆、子供が宝探しでもするかのようにわくわくとフォークを動かしている。

「あ、俺、当たった……。なんだ胡桃《くるみ》かよお」

「私もハズレ。ねえ、誰？　当たった人！　私に指ぬきくれなきゃ許さない」

「手間と時間をかけてサプライズかあ。なんだか大切なこと教わった気がするね」

「しかし、話し合う時間はないよ。もう金曜日だからね」

ずっと黙っていた部長がナプキンで口を拭いながら言った。空気がさっと張りつめる。

「澤田くんの案はまだまだ採用というわけにはいかないな。酒が販売できないレンタルビデオ店でキャンペーンなんて効率が悪過ぎる。でも、思いがけない場所で試飲というアイデアや一人客を狙う売り方は悪くない。例えば、シネコンなんてどうだろう。クリスマス公開の作品であればシャンパンのシーンもあるだろうし。タイアップできそうだ」

「……部長、さすがです」

三智子はため息まじりにつぶやく。やはり、この人はプロだ。自分にはまだ勉強が必要なのだろう。

「このクリスマスプディングを食べて、澤田くんの言う、人に見せびらかさない幸福っていうのがほんの少しだけ、わかったような気がするんだ」

山川部長は静かに言うと、小さくうなずいた。いつもの人たらしな笑顔はなく、ただこちらを見守るような思慮深い目をしている。

「また是非、このサービスを利用したいね。重役会議や大事な商談なんかでも、このお茶を……あれ？」

すっとんきょうな声をあげた部長の視線の先に目を向けると、さっきまで壁際で背筋を伸ばしていたアッコさんの姿がない。三智子は思わず立ち上がった。すみません、すぐ戻りますんで、と早口で言い訳すると、戸惑っている先輩たちに振り向きもせずに会議室を飛び出した。エレベーターホールに駆け込むと、ちょうど扉が閉まったところだった。ここ三階から下の階へと点滅していくランプにさっと目をやり、非常階段にすぐさま向かう。駆け下りて一階ロビーにたどり着くと、正面玄関から出て行くアッコさんの後ろ姿が目に入った。

「アッコさん、待って！　お願い!!」

周囲が振り返るのも構わず、三智子は無我夢中で声を張り上げた。会社の外に飛び出すなり熱風が押し寄せる。陽射しのまぶしさに一瞬、何も見えなくなった。いつもなら、このまま体がぐらりとし目眩を覚えるところだが、三智子の体はすぐさま外気に適応したようだ。この五日間、温かいお茶を飲み続けてきたせいだろうか。目を凝らすと、国道にかかる横断歩道橋の中ほどにアッコさんの姿があった。このまま、逃がしてなるものか。足を速めて、階段を上っていく。三智子がようやく橋の上に立った時、アッコさんはすでに階段を下り、反対側の歩道にいた。

「アッコさん！　アッコさん！」

橋の上から夢中で叫ぶ。こちらを見上げたアッコさんはまぶしいのか顔をしかめていて、ひどく迷惑そうに見えた。しかし、三智子はひるまない。プディングにフォークを差し入れた瞬間その存在を感じて、先輩たちの目を気にしながらポケットにしのばせておいた指ぬきを頭上に掲げた。太陽の光を返し、それは小さいながらも強く輝いた。アッコさんがかすかに微笑んだように見えたのは気のせいだろうか。

「クリスマスプディングってすごく時間がかかるものなんですよね。最低でも一ヶ月くらい前から準備して寝かせておくんですよね」

それは、かつて児童小説で得た知識だった。こちらを見上げているポーカーフェイスが、台所に立ち、お酒に漬けておいたドライフルーツや粉をいそいそと混ぜ合わせている様を思い浮かべたら、愛おしさがこみ上げてくる。

「つまり、アッコさんは、ずっと前から……。この半年はそっけなく思えたけど、先週、ハティフナットで再会するもっと前から、私のことを遠くで見守ってくれて、心配してくれて、この会議を計画していたってことなんですよね」

「私じゃないわよ。笹山くんよ！」

アッコさんは高いところから見てもそうとわかるほど、大きく鼻を鳴らした。

「彼、私の気に入りそうな本が入荷するたびに営業メールをくれるんだけど、そんなの口実で、いつもあなたのことばっかり相談してくるのよ。あなたの体調やキャリアのこと、この世界で一番考えているのはあの人なんじゃないの」

出会った時から、彼は三智子に対して強い意見や情熱的な態度を出したことがない。ただ、いつも静かに笑って隣にいてくれた。いつの間にか、それを頼りないとしか感じられなくなっていた。見落としていることが、もしかするとプライベートでもたくさんあるのかもしれない。

「何度も言うけど私、あなたのために動いたわけじゃないんだからね。これもコンサルタント業の一環よ。こうして顔を売って、大企業とも密に繋がって、ゆくゆくはフードビジネス業界でトップに立ってみせるのよ」

まくしたてるような言い訳に三智子がくすっと笑うと、アッコさんは頬を赤くして睨みつけてきた。まったくいい大人がする言動とは思えない。アッコさんはいつも荒唐無稽で夢みたいなことばかり言う。でも、それは想像力が自然と体から溢れ出てしまうからなのだろう。人は想像力に救われ、想像力にお金を払う。不景気で夢を見られない時ほど予期せぬサプライズを切望する。それはまぎれもない事実なのだ。

「アッコさん、次はいつ会えるんですか?」

「そんなの知らないわよ。私、もう行かなきゃ。あと十分後に次のアポがあるのよ。ああ、会議室の後片付けなら、うちの若い子が行ってるわよ」

ビジネスライクなそっけなさに、三智子は腹立たしくなり、耳まで熱くなった。一方的に助けておいて、こちらがつながることを許してくれない。どうしてこの女性はこんなにも好意に応えてくれないのだろう。

「アッコさん、私とは友達だって言ったじゃないですか！　友達はそんなふうに急に現れたり、急にいなくなったりしないものですよ。いつだって会いたい時に会えなくちゃだめなんですよ！」

「じゃあ、次はあなたが私に会いにきてよ。手がかりを見つけて。言っとくけど、メールなんかで聞いてきたって教えないわよ」

　その発想がなかったことに三智子はどきりとした。彼女が来るのを口を開けて待つばかりで、自分から会いにいくなんて考えたこともなかった。

「あなた、きっといいことがあるわよ。私の見込んだとびきりのラッキーガールだもの。なにしろ、指ぬきが当たったんだから。その指ぬきね、実は私の母の形見なのよ」

　そんな大切なものを、と三智子は改めて指ぬきをまじまじと見つめる。鈍く光る銀はよく見ると、無数のひっかき傷だらけで年月とドラマを感じさせた。アンティークショップを訪ねれば色々わかることもあるのだろうか。陽射しが眩しく照りつけ、三智子は手をかざす。そのごくわずかな間に、アッコさんはタクシーをつかまえて後部座席にすべり込んだ。三智子が呼び止める暇もなく、ドアは音を立てて閉まり、そのオレンジ色のタクシーは東京タワーの方向に、まっすぐに突き進んでいく。あの先にはアッコさんの暮らしがあるのだろうか。彼女にも家族がいる。もしかすると愛する相手もいるのかもしれない。いつか雲と木社の社長が口にしたように、三智子のように悩んで傷ついた日々もきっとある。これまで一度も想いを馳せたことのない、その未知の領域を今、三智子は懸命に心に思い描こうとしている。

さっきまでそこに立っていたアッコさんの影法師が青空に白く浮かんだ気がした。

道しるべならこの手の中にあるのだ。いつだってヒントはそばにある。それに気付くか気付かないかは自分次第なのではないか。東京は狭い。世界は狭い。頭と足を使えば、いや、想像力を駆使すれば、きっとアッコさんを自力で見つけ出すことが出来る。三智子は汗で濡れた手でぎゅっと指ぬきを握りしめた。丸い形のへこみが手のひらに深くついたのがわかった。アッコさんを見つけ出してお返しをするその日まで、この指ぬきは私の守り神だ――。額をさらさらと流れていく汗が今は心地よいと思える。

アスファルトに太陽が激しく反射して、ほんの一瞬だけ視界が真っ白に光り輝いた気がした。今夏一番の猛暑なのに、今からそう遠くない雪景色の東京をはっきりと思い浮かべられた自分にびっくりして、三智子はしばらくの間、歩道橋の真ん中に佇んでいた。

メトロのアッコちゃん

月曜日

まだ塗料のにおいがツンとするような、新しく造られたばかりのこの地下鉄は東京のかなり深くを走っている。なにしろ、通勤途中の乗り換え駅は地上出入り口からホームまで十分以上を要するほどだ。下降するエスカレーターはどこまでも延びていて、いつまで経ってもホームにたどり着けそうにない。ラッシュ時には早いせいか、目の前に広がる空間には人が少なかった。まだ朝の六時四十分。昨夜も終電で帰宅したので四時間しか眠っていない。いや、それでもここ数ヶ月のうちではましな部類だろう。

エスカレーターの傾斜があまりにも急なため、榎本明海《えのもとあけみ》は地底へと垂直に落ちていく気分になる。本社オペレーター部門に配属されてからというもの、会社から指示を受けた乗り換えルートで通勤するようになっていた。このところずっとやまない耳鳴りが一層強くなる。見上げれば、遥か彼方にあるタイル張りの天井が斜めに歪み、刻一刻と遠ざかっている。自分がどんどん小さくなっていく錯覚を覚えた。並列する上りのエスカレーターと幅の狭い階段。明海はまるでベルトコンベア上の作りかけの製品のように、本人の意志とは関係なく、ホームへと静かに運ばれていく。会社と家の隙間に生まれたこのわずかな自由時間は、今の明海にとってかけがえのないものだった。

このままでは、地球の裏側にたどり着いてしまうのではないだろうか。日本の裏側ってどこだろう。どこか暖かいおおらかな国だといいな——。閉じたまぶたに青い海とココヤシが並ぶ砂浜のくっきりしたイメージが浮かんだ。海といえば、徹夜作業の翌日ボランティア出勤を命じられ、それまで一度も行ったことのない海辺の公園を清掃したっけ。あれは何ヶ月前のことだろう。最後の休日がいつだったか、もはや思い出せない。同期が心と体を壊し、どんどん辞めていく。その補填にかけずり回るうちに、気付けば入社から五年が経っていた。

地下鉄の湿った空気が大きなかたまりになって吹きつけてきた。明海は気力を総動員して無理矢理に意識を取り戻す。ごおお、というみぞおちに響くような電車の走行音が壁も足下も震わせる。

エスカレーターはついに明海をホームへと押しやった。まだ夏は終わっていないというのに地下のコンクリートは冷えきっていて、スニーカーを通して足の裏から熱を奪われていくようだ。辺りに人の姿はまばらだ。数日前に出来たばかりのジューススタンドに明海ぐらい背の高い女が一人立ち、無表情に正面を向いているのが見える。女の前にはミキサーが五台。緑、紫、黄、オレンジ、赤とそれぞれ違う色の素材が入っている。数メートル離れた場所から見ても、彩りに乏しいホームの中でその色合いはくっきりと鮮やかで、濡れたようによく光っていた。

いつものように、先頭車両がちょうど停止する位置まで行き、どこまでも続いているかのような暗いトンネルを見た。あの闇に吸い込まれ、自分が消えてなくなったら、むしろ楽だろうと思う。会社に行きたくなかった。十五畳足らずのオフィスのパーティションの並べ方や狭い窓から差し込む光や上司の体臭を思い浮かべただけで、視界が歪み、呼吸が上手く出来なくなる。背中にべたついた汗がじわりと滲む。首から肩にかけて、もはや感覚がないほど固くなっている。眼球が乾いていた。口の中がいつも苦く、どんなにフリスクを嚙んでも胃からせり上がってくる嫌な臭いは消えない。

たった今、天変地異が起きて、出社が不可能にならないか。いや、少しでも会社に着く時間を遅らせたいので、電車の遅延でも構わない。ただでさえこの路線は飛び込みが多く、ダイヤが乱れることはしょっちゅうなのだ。見知らぬ誰かが絶命しても構わないから、会社に行けなくなる正当な理由が欲しかった。自分の願いが最低なことは、百も承知である。ならばいっそ、今自分が線路に飛び降りてしまえばいいのではないか。そうしたら、もう上司の高橋《たかはし》リーダーに叱られなくなる――。

ウィーンという大きな機械音がして思わず振り向くと、ジューススタンドのミキサーが回転している。背の高いエプロン姿の女はぐるぐる攪拌されている緑の液体を無表情に見つめている。人の少ない駅でこんな時間にジュース屋なんて開いて、儲かるのだろうか。スタンド正面に掲げられた蛍光ピンクの看板には「東京ポトフ&スムージー」とある。「ポトフ」の文字は小さいものの、これじゃあ、ポトフ屋なのかスムージー屋なのかわからない。耳障りな音だな、とかすかに眉をひそめ、明海は線路へ向き直る。

楽になりたい、というのとは少し違うのだと思う。もう自分がギリギリの状態であったこと、これ以上は頑張れなかったということを、高橋リーダーや同僚、そして実家の両親や弟に知って欲しいと思った。もう誰からも批判されたくない。無能であること、弱い人間であることを許して欲しかった。そう、許して欲しい――。こんな駄目な人間であることを、世界に許して欲しい。

　二十七年間の人生、何をやってもビリだった。父と弟には莫迦にされ続けてきた。決して怠け者なわけではない。でも、どんなに予習復習を重ねても、いざテスト用紙が配られると、頭が真っ白になってしまう。放課後の校庭で一人きりの時は確かに出来た逆上がりなのに、クラス全員の前だとどうしても足が上がらない。頭が悪く行動がグズなだけではない。明海はまるっきり可愛くなかった。四角い顔の底辺となる顎は西部劇の荒くれ者のようにくっきりと割れ、鼻がやたらと大きく、色黒でざらついた肌だった。女としては背が大きすぎ、肩幅ががっしりしていた。人に上手く感情を伝えることが苦手で、その不器用さに誰もが苛立ち、去っていった。長く続いた友人も恋人も一人もいない。猛勉強の末、どうにか潜り込んだ三流大学は、遊び好きな学生ばかりでまるでなじめなかった。誰かから受け入れられたことなどないに等しい。だから、就職氷河期とされる時期に今の会社から内定を貰った時は、大量採用とわかっていても飛び上がるほど嬉しかった。誰もが名前を知っている有名フード企業・イタワグループの接客業務。

——とにかく歯をくいしばって続けろ。お前なんかでも最低一つは何かやりとげられるところを見せてみろ。上司の言うことだけ信じて死ぬ気でふんばってみろ。

滅多なことでは笑わない父がとっておきの日本酒を母にお酌させながら、明海によく似た四角い顔を緩めたことを覚えている。父から褒められたり、優しい言葉をかけられた記憶がまったくといっていいほどなかったので、明海は有頂天だった。埼玉県で祖父の残した不動産会社を細々《ほそぼそ》ときりもりしている父は、おそらく一度として集団にもまれた経験がないのに、体育会系思考を好み、縦のつながりを重んじ、ブランドや知名度にはめっぽう弱い。社名を告げるといかにも誇らしそうな顔をした。悪い人間ではないけれど、父のそうした浅はかさが、三歳下の弟を家でだらだらするだけのニートにしたことや我慢強い母親から笑顔を奪ったことはわかっていても、明海は初めて背中を押された気がした。何があっても会社をやめるまい、と堅く決意した。入社二年目に都内で一人暮らしを始めて以来、休みがなかなかとれず実家にはほとんど帰っていない。約束を守り続ける明海を父は誇りに思っているだろうか。

入社後すぐに配属されたチェーン居酒屋の店長業務から、二十四時間対応が売りの単身者向けデリバリーサービスのオペレーター部門に異動したのは、去年の春のことだ。現場からオペレーター部門に回されるのはここでは出世らしく「君には期待しているんだよ」と四十代初めの高橋リーダーは今とは別人のように優しく、ぽんと肩を叩いて明海を迎え入れた。この会社では男性社員が女性社員の体に触れるのはごく普通のことである。明海よりはるかに美しい女の子たちはそれをひどくいやがり、次々にやめていった。明海とて決して快いわけではないが、仲間としての連帯感、親近感を示されたんだと考え直し、受け入れることにした。何より、自意識過剰と取られたくなかった。あの頃はまだ、高橋リーダーの暴君ぶりはもちろん、顔の見えない顧客を相手にする怖さもまるで知らなかった。

店長職は人間関係の難しさはあるものの、体力と気力をかきあつめ、がむしゃらに立ち向かって次々に注文をこなしていけばまだ済むところがあった。クレーム処理はとにかく精神からすり減っていく。引っ切りなしに苦情電話がかかってくるので、こちらからアポイントメントを入れる時間はほとんどなく、毎月の新規顧客獲得ノルマには一向に届かない。届いたお弁当が不味い、腐った臭いがする、遅い、パンフレットの写真と違いすぎる、というクレームは業者から個人利用客まで後を絶たない。商品に関する意見はいい方で、中には誰かと話したい一心で電話を切ろうとしない人種もいる。

——お願い、電話を切らないで。話を聞いて。あと一分だけでいいの。

すがるような声にほだされ、お人好しの明海はついつい話に付き合ってしまう。そのことで高橋リーダーにチーム全員の前で厳しく叱責される。能力だけならまだしも、容姿や人格に関することまでねちねちと非難される。涙を見せたら最後だと言い聞かせていたら、いつの間にか心に分厚い膜が張ったようになって「ブス」にも「給料泥棒」にも何も感じなくなった。それに、辛抱強い明海が叱責を引き受けることで後輩が守られている部分もある。背後で大声がして、明海の思考は中断された。

「ちょっと、そこの紺色のシャツを着ているあなた！」

怪訝な思いで、人差し指を顔に当ててふりむく。そう、というふうにジュースタンドの奥に立つ大柄な女性は顎を深く引いた。

「こちらにいらっしゃい」

がらんとしたホームにその低い声はよく響いた。イタワグループだったらすぐにクレームに発展しそうなこの大きな態度。そもそもサービス業でこんな口調は許されないだろう。店長職時代、ずっと客の顔色をうかがうようにしてひたすら低姿勢に振る舞ってきただけに、信じられない思いで、それでも強い魔力に引き寄せられるように一歩一歩そのジューススタンドに近づいていく。何か悪いことが起きたのに違いないのだ。自分が気まぐれに好意を向けられる種類の人間ではないことはよくわかっている。それでもその女の前まで来ると、なにやら安心してしまう。自分より体の大きな、少しも可愛くないおかっぱ頭の中年女性。確実に日本ではマイノリティだろう。それなのに気後れする様子もなく、一国の主《あるじ》のように堂々としているのだ。

「ほうれん草と小松菜とりんごのスムージーです。無料キャンペーン中です。お試しください」

厳《おごそ》かに彼女は告げた。たくましい手で差し出された、どろりとした緑色の液体が入ったカップとその大女を、明海は見比べる。イタワグループの社訓が蘇った。

——本当に真剣に働いていたら、寝ることも、食べることも、しゃべることも、忘れてしまうはずです。会社のために命をかける勇気をもちましょう。

こんなことをしている場合じゃない。早く会社に行かないといけない。社長も言うように、人と無駄話をしたり、朝食をとったりする暇があるわけがない。だいたい、朝食なら先ほどコンビニで百円の菓子パンとパック入りのカフェオレを、昼食と夕食兼用のおにぎりやお茶と一緒に購入している。会社のデスクで流し込むいつものメニューだ。それでもこの女の命令には逆らえそうにない。明海は仕方なく手にしていた定期のパスケースをスタンドに置くとカップをこわごわ受け取った。

「それを飲み干してください。スムージーは空気に触れると、酸化して栄養価が減りますから、なるべく早く」

明海が乗る予定の地下鉄の到着を告げるアナウンスが鳴り響いた。あれに乗る前に飲みきらないと。追いつめられるようにして、明海はカップに口を付ける。にがい――。たちまち顔をしかめる。にがいだけではなく、えぐみと青臭さに胃が裏返り、喉から何か飛び出してきそうだ。液体というにはあまりにもったりと重みがあるため、喉につかえ、なかなか飲み込めそうにない。明海がぐずぐずしているうちに、列車が轟音とともにホームへと到着する。ホームドア、続いて電車のドアが開き、数名の乗客が降りてくる。仕方なく大女にぺこりと頭を下げると、明海はカップを胸に抱いて地下鉄へと駆け込んだ。ドアがシューッと音を立てて背後で閉まった。ジューススタンドの女は何ごともなかったように正面を向いている。彼女の姿が見えなくなり、車窓からホームが消えて辺りが真っ暗になるとようやくほっと息をつく。

電車の中での飲食はマナー違反ということはわかっているが、車内がすいているのをいいことに、明海は座席に腰を下ろすと再びスムージーに立ち向かった。ピンク色のカップには「have a nice day」と書かれている。なにがいい一日だ。世間は朝活だとか酵素ブームだとか騒いでいるけれど、スムージーくらいで一日が良いものに変わったら苦労はないのだ。胃に入ればなんだって同じなのに。

いやいやながら目をつぶって息を止め流し込みながら、明海はむせそうになる。定期がない——。スムージーを受け取る時に先ほどのスタンドに置き忘れてきたのだ。あのパスケースの中には社員証まで入っているのに。明日受け取りに行かねばならない。失意のため息をつくうちに、カップの底に何か紙のようなものがセロテープで貼り付けてあることに気付いた。取り外したその紙をかさこそと開くと、

「十五分、無理なら十分。どこかで眠ること」

と書いてあった。誰もいないのに、明海は思わず後ろを振り返る。喉を通り過ぎたほうれん草や小松菜はしっとりと青臭く、まるで胸に雨上がりの森が生まれたようで落ち着かない。生野菜を摂取するのは、一体いつ以来だろう。

火曜日

「捜しているのはこれかしら？　榎本明海さん？」

まるで「キャッツ♥アイ」の三姉妹のごとく、大女は中指と人差し指の間に、明海の定期券の入ったパスケースを挟んでポーズをとってみせた。無表情なところを見ると、おどけているのではないらしい。見なかったことにしたくて明海は東京ポトフ＆スムージーの看板に視線を逃した。大女は都合のいい解釈をしたようだ。

「あ、これねえ、私が始めたケータリングの東京ポトフはおかげさまでもともと順調だったのよ。共同経営者のアメリカ人が担当するスムージー屋もね、都内の地下鉄駅構内でスタンドをチェーン展開したらこれがまた大好評なの。忙しい会社員にとって、通勤途中にすばやく野菜や果物を摂取出来るなんて、こんなに便利で合理的なサービスはないものね。店が急に増えたものだから、アルバイトの手配が間に合わなくて、私も朝はこっちの店に立たないと、とても人が回らないのよ」

聞いてもいないのに、ぺらぺらと内部事情を話し出す。そんな夢みたいなサクセスストーリー、今の明海にはなんの栄養にもならない。ああ、この人は雇う側なんだ。道理で強気なわけだ、と冷え冷えと思う。

「ねえ、昨日のスムージー、美味しかった？」

激マズだとは口に出来ず黙っていると、おかっぱ大女はこちらに構わずミキサーの中に刻んだ野菜を放り込み、続いて明るい黄色のマンゴーの実を小さなナイフで削ぎ始める。思わずごくりと唾を飲みそうになるような、とろりと甘い南国の香りが辺り一面に広がっていく。一連の動きには無駄がなく、手慣れていて、見ているだけで胸に風が吹き抜けるような実に小気味よいものだった。

「まあ、いいわ。でも、昨日の『月曜日スペシャル』はお通じやお肌にいいとうちでは評判なんだけどな。うちのスムージー、曜日に合わせて日替わりメニューがあるのよ」

下腹部の重たいしこりが消えていることを思い出し、明海はかすかに頬を赤らめる。たった一杯で便秘が治るなんて嘘のような話だった。でも、いくら体にいいからといって、あんなまずいものを飲みたくない。明海が手にしている三食の入ったコンビニ袋をちらっと見ると、大女は眉をひそめる。

「朝からそんなに炭水化物ばかりだと眠くなって、かえって能率が下がるわよ」

朝、ご飯をたくさん食べるのはいいことばかり思っていたので、明海は驚く。それでも、つい身を乗り出して聞きそうになるのを懸命に堪えた。

「確かに慣れるまでは飲みづらいかもしれないけど、契約農家で育てている、無農薬で甘みが強い旬の野菜ばかりよ。常連さんには味わいが深くて美味しいって評判なの。甘みを感じられないのは、あなたの体調に問題があるからじゃないの？　もうずっと旬の野菜や果物なんてとってないんでしょう？」

人並みではない。そう言われた気がして、胃液がこみ上げるのを感じる。なんだって、ほとんど初対面の人間にまで非難されなければならないのだろう。早く解放されたくて、明海は電光掲示板をいかにも急いでいるふうに見つめる。

「でも、そんなこと言ってても仕方ないわね。口に合わないものを強要する気はないの。大丈夫よ。今日は宮崎マンゴー、人参、玄米甘酒もプラスしてるの。こってり濃厚、ビタミンたっぷり、おやつ感覚で初心者にも楽しめるわよ」

「いりません……。それより……、定期を……」

こんな気持ちで、そんなしつこそうなものを飲み下せるわけがないのだ。こちらの恨めしそうな目に根負けしたのか、大女はパスケースをつっけんどんに差し出した。

「本当にいいのかしらね。誰のものかを確認するために、中を開けたんだけど、あなたの定期の通勤ルートが見えたの。こんな深い地下鉄を使って、時間をかなりロスしているんじゃないの」

なんて口やかましい女なんだろう。間違いを正され、駄目な人間だと指摘されるのは職場だけでたくさんだ。だいたい彼女がしていることはプライバシーの侵害ではないか。

「でも、会社が決めたことを勝手に変えるわけにはいきません……」

「足りない分は自分で払えば問題ないでしょ。定期を買い直すくらいなんでもないわよ。そんなことまで、わざわざ会社に報告しなくてもいいのよ」

明海がパスケースをひったくるようにして受け取ると、サラリーマン風の若い男がまるで邪魔するように割って入ってきた。

「アッコさん、人参とザクロのジュース、一つ」

アッコさん？　アッコさんてあの某大物歌手の愛称？　確かに似ているけれど……。あだ名で呼ばれて、大女が怒るのではと明海は気が気ではない。しかし「アッコさん」は気にする様子もなく「おはよう田島《たじま》くん」と言いながら、オレンジ色の液体の入った中央のミキサーを持ち上げるとカップに傾けている。

田島と呼ばれた男は人懐こそうな柴犬によく似た顔をこちらに向けた。

「君、知ってる？　ここのスムージーを、月曜日から金曜日までの五日間、飲み続けると仕事がデキるようになるんだって」

「え、飲んだだけで、そんな……」

「そうだよね。俺も最初は半信半疑だった。でもさ、皮ごとすりつぶした野菜や果物のおかげで免疫力がついて疲れにくく、眠くならなくなるのは本当。確実に午前中の能率はアップしたし、通勤が楽しみになったのは事実だよ。まあ朝食なんて軽く考えがちだけど、実はすごく大きなことだったりするんだよね。あ、別にこれ、宣伝じゃないよ？　俺がいくら、アッコさんのボーイフレンドだからってねえ」

得意満面の男に向かってスムージーを突き出しながら、アッコさんが厳しく目を光らせた。

「ボーイフレンド!? あなたとは三回食事に行っただけでしょ。図に乗ると出禁にするわよ!」

やっぱりこの人と自分は違うんだ。可愛くなくてもこうやって異性のファンにちやほやされ、起業して成功している。雇われる側の苦痛や我慢がわかるわけない。つい、男の熱烈なリコメンドに耳を傾けそうになったことを反省した。どうせこいつもグルに決まっている。振り向けば、電車が今まさにホームに寄り添おうとしている。

「とにかく、私、スムージーはいりません。それじゃ、会社に遅れるんで」

「あ、待ちなさいよ」

後ろを振り返らずに先頭車両へと駆け込み、座席の端に腰を下ろす。ゆるやかに発進し、どんどん速度が上がっていく。明海は息を殺して、進行方向の真っ暗なトンネルを見つめた。乗客は少ない。いつもの静寂が今日は寂しく感じるのは何故だろう。きっとさっきまでアッコさんというあの女性や田島なる男性の、にぎやかなおしゃべりに巻き込まれていたせいだ。別に楽しいものではなかったけど、あんなふうに社外の人間と接するなんて何年ぶりだろう。ペースを狂わさないで欲しい、と苦々しく思う。自分の暮らしがいかに味気がないか、真っ向から突きつけられる気がした。

いくつか駅を過ぎ、比較的大きな乗り換え駅に到着したところで、四、五人の乗客が乗り込んできた。背広姿の男たちの中にあって頭ひとつ高いおかっぱの女——。明海は危うく大声をあげそうになる。なんとアッコさんではないか。エプロンの上にカーディガンを羽織っている。あっけにとられしばらくの間、口がきけなかった。確かに十数分前、彼女をホームに残して電車に乗り込んだはずなのに。この人は本当に人間なんだろうか。超能力者？　これは分身術？もしかして双子の片割れ？　アッコさんはごく普通の調子で明海の隣に腰を下ろした。間近で見るアッコさんは確かに本人である。思いのほか肌がツルツルとしていて睫が長い。マンゴーの甘い匂いがした。

「……一体どうやって？」

「まずは他の路線まで全力疾走。もっとうまいやり方で地下鉄を乗り継いで、あなたの路線と重なるポイントを見定めて、今こうして乗り込んだの。店にはすぐに戻りますって張り紙してきたわ。はい。これを届けに来たの。『火曜日スペシャル』よ。四の五の言わずに、飲みなさい」

厳かにアッコさんは言い、手にしていたスムージーのカップを突き出す。受け取らないわけにもいかず、明海はしぶしぶそれを持つ。明るい黄色のスムージーの表面はきめの細かい泡でふんわりと覆われ、まるでよく出来たお菓子のようだ。

「これでわかったでしょ？　目的地は一つでもルートは一つじゃない。もっと上手い乗り換え方法があるんじゃないかってこと。遅刻さえしなければどんな行き方をしても構わないのよ。違う駅で降りてひと駅歩くだけでかなり気がまぎれるわよ。太陽の光も浴びた方がいいし」

アッコさんの鋭い目がほんの一瞬、優しげになった。

「地下鉄は東京の毛細血管よ。全部つながっている。頭の使い方次第で、あなたはきっともっと楽になれるんじゃないの。ああ、それとね、内勤だからって、口紅一つ引かないのはいかがなものかしらね」

ふふんというふうに笑い、アッコさんは次の駅で下りていった。ドアが閉まる。アッコさんがいなくなると今見た光景はすべて幻のように思えた。

会社の最寄り駅到着までに慌てて飲み干したスムージーは、昨日とは打って変わって、体の中に良い細胞が増えていくような、豊かな甘さと香りにとっぷりと満ちていた。ビタミンとエネルギーが明海の体に、この街の地下鉄のようにかけめぐっていく。

水曜日

「私にはもう、関わらないでください。頼むから放っといてくださいー！」

最後はほとんど懇願だった。アッコさんは動じる様子がまったくない。ジュースタンドの前を、気配も息も殺して通り過ぎようとしたら、またしても命令口調で呼び止められたのだ。確かに昨日のスムージーは美味しかった。だからといって、これ以上気持ちを乱されるのはごめんだ。昨日は気付くとアッコさんの言葉を反芻していたせいで、ミスが相次ぎ、高橋リーダーにこっぴどく叱責されたのだ。こんなことは今朝で終わりにしたい。

「あら、大きな声が出るんじゃない。いいわよ。それを習慣づけなさいよ」

アッコさんは腕組みして、なにやら満足そうにこちらを見ている。

「お腹に力を込めて声を出すと、背筋が伸びるでしょう。あなたスタイルがいいんだから背筋をぐっと伸ばすととてもいいわ。若い頃の私みたいにねえ。これでも、昔は読者モデルをしていたのよ」

　アッコさんはポーカーフェイスのまま体をS字にくねらせ、腰に手を当てるポーズを決めてみせた。明海はしばらくの間、褒められたことも含めて、よくわからなかった。この人がモデル？　でも、まったくない話でもないな、とどこかで納得してしまう。個性派ではあるが彼女は非常に堂々としていて、角度によっていろんな美しさを見せる不思議な女なのである。

「あなた、お化粧した方がだんぜんいいわ」

　明海は耳まで熱くなって、うつむく。昨日のアッコさんの指摘が頭を離れず、今朝はフェイスパウダーをはたき、眉を整え、ビューラーで睫を上げ、口紅を引いた。たった三分ほどのずさんな化粧だったが、それだけで顔つきがぱっと明るく、生き生きとしたことは否めない。毎日のようにブスと罵られるうちに外見を構うことさえ、恥ずかしくなっていた。

「ねえ、前原《まえはら》さん。どう思う、彼女？」

　いきなりアッコさんが別の方向に向かって声をかけた。明海から離れた場所でスムージーを飲んでいた、ボブカットから覗く耳に大振りのイヤリングを揺らせたおしゃれな四十代くらいの女性がこちらを見た。彼女は油絵でも鑑賞するようにじっくりと明海を見つめた。突然、力ずくでステージに引き上げられたようで、生きた心地がしない。前原さんと呼ばれた女は意地悪な様子はまるでなく、ふうんと首を傾げてみせる。

「あら、あなた身長何センチ？　私、チビだから、うらやましいわ。こういう男顔の長身の女性ってヘアメイク次第でいくらでも変われるのよ。アッコさんの知り合いなら、読者の変身企画とかに参加してもらおうかしら」

信じられないことに、このボブの美人は明海を雑誌企画の被写体として合格と見なしたらしい。この女性もグルなんだ。そう言い聞かせていないと体がふわふわして、地面を離れてしまいそうだ。

「前原さんはファッション雑誌の編集長よ。よかったら連絡先を交換したら」

「からかわないでください。私なんていつもみんなから……」

必死になって二人の視線から逃れようとすると、ぴしゃりとアッコさんは遮った。

「それはその人たちの価値基準でしょ。美の判断なんて国や地域によって違うのよ。リサーチを重ねて自分の釣り堀を見つければいいの。そこに腰までつかって動かないのだってアリよ。いいのよ。女は傲慢で」

「そうよー。私なんてファッショニスタってことになってるけど、普通のサラリーマンには敬遠されてさっぱりモテないもの。でも、いいの。わかる相手にはわかるんだし」

そう言うと前原さんはけらけらと声をあげて笑い、ちょうどやってきた明海とは反対方向の電車のドアに吸い込まれていった。アッコさんは紫色の液体の入ったミキサーの取っ手をつかんだ。

「とにかく、背筋を伸ばせば、肩こりだけじゃなく自然と頭痛や耳鳴りも減るはずよ。『水曜日スペシャル』は眼精疲労に効く素材にしたの。ええと……」

なんで頭痛や耳鳴りがバレているのか。いや、もうこの手には乗らない。明海は意志を強くし、腹の底に力を込め、アッコさんを見据えた。

「でも、本当にもういいんです。こんな手の込んだスムージーがタダなんて悪いです。本当にもう、私には構わないでください」

言ってやった――。恐ろしいのとせいせいしたのとで気が高ぶったまま、明海はやってきた電車に素早く乗り込む。しかし、昨日のようにまた別ルートで追いつかれては元も子もない。用心を重ね、明海は次の駅で降りることにした。

改札を抜け、エスカレーターで地上に出ると、タクシーを呼び止め、そのまま会社の住所を告げる。切り詰めた暮らしの中、相当に痛い出費だけれど、この際仕方がない。タクシーはまだ車の少ない早朝のオフィス街をぐんぐんと突っ切っていく。ビルのガラス窓に朝日が反射し、アスファルトは強く輝いている。明海は後部座席にもたれ、気持ち良さに目を細める。陽射しがあたった肌はほんのりと温まり、そこから命をめきめきと取り戻していくようだった。蟬の声を久しぶりに聞いた。薄暗いうちに家を出、地下鉄を乗り継いで会社に通う日々にこんなチャンスはそうそうない。そういえばアッコさんが、日光にあたるために違う駅で降りて歩いてみろと言っていたのを思い出す。

タクシーのおかげで、駅から徒歩二分の場所にあるビル七階のオフィスには、いつもより早く到着した。入り口横のタイムレコーダーにカードを通す。こんな旧式の機械を置いている会社などここくらいなものだ。狭いオフィスにひしめくようにして、昨夜から今朝までのシフトに入っている女性社員がオペレーター業務にあたっていた。高橋リーダーは特に何をするでもなくアンケート票をのろのろとめくっていて、こちらに気付くと意味もなく舌打ちした。陽射しの中を通ってきたせいか、同僚たちの緑に近い顔色や室内の酸素の薄さに気がいく。

「榎本さん、塩見《しおみ》さんからご指名で電話が来ています」

パーティションから後輩がむくんだ顔を突き出し、迷惑そうな色を浮かべている。明海が慌てて自分の持ち場に着き、電話を取る。受話器からいつもの甲高い声がした。

――ああ、おはよう。今、出勤したのね。あなたと話せるならと思って、またお弁当を注文したの。新製品のアジフライ弁当を試してみた。

「いかがでしたか。お口に合いましたでしょうか」

受話器を肩で押さえながら、コンビニの袋からおにぎりやサンドイッチを取り出す。

――ちっとも美味しくないよ。筑前煮なんてこれ、腐ってるんじゃないの？ でもね、そうでもしないと、あなたとしゃべれないもんね。ずっと一人でいると死にたくなる。ほんと、死んだ方がずっと楽よ。

脅かすようなことを口にしたあとで、ふいに恥じ入るように口をつぐんで、ごめんなさい、とつぶやく。常識人と幼い女の子が行ったり来たりしているようなこの女性を、明海はどうしても嫌いになれそうにない。塩見さんは葛飾区に住む五十代の独身女性だ。三十年間経理部員として勤めていた会社が潰れ、長年の夢だったドッグトレーナーの資格をとろうと勉強を始めた矢先、交通事故に遭った。現在は車椅子生活を強いられ、訪ねてくるような友達もおらず、何日も人と話さないことはざらにあり、誰かと接したい一心でイタワのデリバリーを利用しているのだと、以前打ち明けた。オペレーターの中でも明海を特に気に入っているようで、こうして指名をかけては一分でも長く話し込もうとする。

「どう？　最近、何か面白いことあった？」

塩見さんにとって明海は外の世界の代表であり、エネルギーの象徴なのだろう。もしかすると、こちらは塩見さんよりもずっと狭く暗い場所に閉じ込められているのかもしれないのに。なんでもいいから目新しいことを口にせねばと頭を巡らす。

「そうですね……。最近、スムージーを飲むようになって」

「あら、ミキサーを使うなんて大変じゃない？　どう、体にいい？」

「体にいいかどうかはまだよくわからないけれど……。野菜不足解消になるしそこそこ美味しいですよ」

ようやく電話を切ってほっと息をついたら、目の前に高橋リーダーの険しく歪んだ赤ら顔があった。四十代半ばにして茶髪のウェーブヘアとはち切れそうなお腹がちぐはぐだ。そばにいるだけでこちらの具合が悪くなるほど煙草の臭いを放つ、重度のヘビースモーカーでもある。

「お前に会いたいという、おかしな女が来ている」

「え、私にですか？」

彼が指し示した方向を見て、悲鳴を飲み込む。タイムレコーダーの横に立ってこちらを見据えているのは、なんとエプロンにカーディガンを羽織ったアッコさんではないか。明海は二の句が継げない。どうしてこの場所がわかったのだろう。そうか、定期のパスケースの中の社員証——。それでも、こんなところまで追いかけて来るなんて、正気の沙汰とは思えない。この人、本当はなまはげか何かなんじゃないだろうか。

「東京ポトフ&スムージーです。スムージーの配達にまいりました」

アッコさんはこちらにつかつかとやってきて、デスクにスムージーのカップを置いた。おかっぱの下の鋭い眼光から逃れようと、明海は必死に受話器を握り直す。

「こんなものは頼んでいません！」

「でも、こちらにいる榎本明海さんへと、注文を受けましたよ」

なんとアッコさんはあくまで配達に来た業者をしゃあしゃあと装うつもりらしい。

「今日のスムージーは赤キャベツ、巨峰。アントシアニンたっぷりで、パソコンにやられた眼精疲労に効きます。巨峰の甘さで飲みやすいですよ」

明るい紫色のスムージーの泡が、のしのしと割り込んできた高橋リーダーの振動で激しく揺れた。

「榎本、一体誰からそんなものを送られたんだよ。朝食なんかとってる暇はお前にない。しっかり働け！　今月のノルマは達成出来てないだろ！」

「朝食なんか？」

おかっぱの下のりりしい眉がピクリと動く。まずい——。今なにかのスイッチが作動する音がした。アッコさんは高橋リーダーに真っ正面から向き合う。

普段は威張り散らし、高圧的に振る舞う上司が、ややおびえた様子で後ずさったのがわかった。

「依頼人の名前は明かせません。守秘義務がありますので。そちらもサービス業でしたら、すぐにご理解いただけると思いますが……。それに、差し出がましいようですが、朝食をとる時間もない労働環境はいかがなものなのでしょう。それでも日本有数の外食産業グループと言えるんですか？」

アッコさんの視線の先には現イタワグループ会長の額入りの肖像画と企業理念があった。鳥を思わせる痩せた男が大げさなデザインの椅子にもたれ、こちらを見下ろす様子が写実的に描かれている。

——本当に真剣に働いていたら、寝ることも、食べることも、しゃべることも、忘れてしまうはずです。会社のために命をかける勇気をもちましょう。

「寝ることと食べることとしゃべること……。真剣に働いている人ほど、この三つを大切にするというのに……。社員をすり減らす会社は平気でおかしな標語を作るんですね」

アッコさんはふんと鼻を鳴らしてみせた。いつの間にか、同僚たちが業務そっちのけでパーティション越しに聞き耳を立てているのがわかる。

「十分な休息をとることは、就業中のミスを防ぎ、人間関係を円滑にします。いい食事は集中力を高め、仕事の能率を上げます。なにより、職場を離れた場所で、異業種や世代の違う人間とコミュニケーションをとることで、仕事の新しいアイデアがわき、想像力が耕され、ヒントが見つかることはたくさんあります」

ふいに喉の奥が熱くなる。心の奥底でずっとそう感じていたことを言葉にしてくれる人が現れたのだ。

「コミュニケーション？　アイデア？　想像力？　なにをご大層なことを言ってるんだ。そんなものが必要なのは、一部の特殊な職業でしょ。俺たちオペレーター業務はなあ、ただひたすらひっきりなしのクレームを処理して、身を粉にして死にものぐるいでノルマを達成すればいいんだよ」

ようやくいつもの調子を取り戻したらしい高橋リーダーが歯ぐきをむき出しにして、アッコさんに詰め寄っていく。

「そんなロボットみたいな働き方を部下に強いる会社だから、どんなに働いてもクレームが絶えず、ノルマも達成出来ないんじゃないでしょうか。どんな仕事にもコミュニケーションとアイデアと想像力が必要なのに。あなたの意見こそ、仕事を甘く見ているとしか思えません」

「うちが、ブ、ブラック企業だとでも言いたいのか」

「いいえ。そんなことは言ってませんよ。私はあくまでもこのオフィスの感想を述べただけ」

「うちの社員はみんな喜んで働いているんだ。部外者が勝手なことを言うな」

「ブラック企業かどうかは知らないけど、それを決めるのも決めないのも皆、社員一人一人の主観だということです。感じる自由は誰にとってもあるんです。当たり前のことを感じる自由さえ許さないなんて、あなた一体何様なんですか」

「何様なんだよ。お前こそ」

高橋リーダーの声が裏返っている。このオフィスの空気は淀んでいる。みんなゾンビみたいなものだ。今、ここで生きているのはアッコさんだけなのかもしれない。明海はもはや怖がることも忘れて、アッコさんを神々しいような思いで見上げていた。

「私の名前は黒川敦子。東京ポトフ＆スムージーの社長です。いずれ私はフードビジネスのトップに立つつもりなんです。イタワグループに負けないくらいの。いやむしろ、圧勝するくらいのねえ。そうね、私だったら、高齢化社会でどんどんニーズが増えるであろう、デリバリー事業の商品から見直すわ。まずはお弁当の苦情を無くしていけばいいのよ。オペレーターの皆さんなら、どこに問題点があるか、よくわかるでしょう。何よりも大切なのは現場の声よ。いい？　まず……」

アッコさんはこのまま何時間でも講義したそうな勢いだったが、高橋リーダーが大声をあげて脅したり、低姿勢で哀願したりを繰り返したため、ようやくしぶしぶとであるが、オフィスを去ろうとする気配を見せた。しかし、明海のデスクから離れる間際、まるで風のような早さでアッコさんは耳打ちしてきた。

「あんな男のものさしに従っていちゃだめ。だからそんなにも毎日苦しいの。自分のものさしで判断したら、今よりきっと楽になれる」

アッコさんはドアの向こうに姿を消し、オフィスはいつもの色を取り戻したかに見えた。が、その強烈な存在感はいっこうに消える気配がない。高橋リーダーがオーラの残り香を蹴散らすように、やみくもに叫んだ。

「なんなんだ。あの女は。榎本、今日はもう帰れ！」

「でも、あの……」

「お前がここにいる限り、あの女がまた襲撃してくるかもしれないだろ。いいから、すぐに帰れ、これは業務命令だ」

「いや、でも、今は就業中ですし……。私が帰ったところで……。あの女の人、たぶん好きなようにしかしないと思うし……」

高橋リーダーの言っていることはめちゃくちゃだ。今この瞬間だけではなく、ずっと支離滅裂だったのだ。明海は初めて気付く。それはつまり、高橋リーダーが自分の言っていることにもやっていることにもなんの自信も持てないためだろう。同じ暴君タイプでも、アッコさんとはそこが違う。主張は突拍子もないけれど、アッコさんのそれには一貫性がある。彼はぷいと顔を背ける。目頭が真っ赤で、まるで泣いているようだ。

とにかく、帰れる――。なんと午前中に家に帰れる。天使が舞い降りてきたような幸運に、明海はしばらくの間、甘い香りのスムージーを前にして立ち上がることが出来なかった。

木曜日

「たっぷり寝たって顔してるわね。やっと人間に戻ったって感じ。どう？　久しぶりの休息は？」

その朝、ジューススタンドの奥から、アッコさんは顔を覗かせると、開口一番そう言った。帰宅するなり、明海は敷きっぱなしの布団に倒れ込み、二十時間近くぶっつづけで眠り通したのだ。洗濯に掃除とやらねばならないことはたくさんあったのに、すべてを放り出してひたすら休んだ。首と肩から嘘のように重さが消えた。じんわりと体の芯がぬくもり、それは温泉のように広がり続けている。眼球は潤い、視界が鮮やかだ。

「あなたのタイムカード。実は昨日、隙を見て、携帯で写真にとったの」

アッコさんが差し出したスマホのカメラ画面には、確かに明海が毎日スタンプしている労働時間の記録一覧が写っている。そんな探偵のような早技が行われていたなんて。この人、忍者か。

「月の残業時間が百時間を超えているわね。これがどういうことかわかってるわよね?」

口を濁している明海にアッコさんは一枚の名刺を差し出した。

「やるべきことは一つ。タイムカードに上司からのメール。証拠はすべて保存するの。それと、ここに連絡して。労働基準法に詳しい人権派の弁護士さんよ。相談だけなら、無料だから。ああ、その人、もとは東京ポトフの方のお客さんだったの」

明海は名刺を受け取り、そのぴしりとした四つの角に指を這わせてみる。アッコさんがささいなことでは動じない理由がわかる気がした。仕事を通じて、あらゆる人と接しているから、ものごとをいろんな角度で見られるのだろう。イタワでの閉ざされた世界しか知らない明海にとって進むべき道は一つで、その道を外されたら最後、人生は終わったも同然なのに。彼女のようになれたら、と思う。でも、望むことさえ憚られた。自分には彼女のように大勢の人に好かれる魅力も能力もないのだ。高橋リーダーや父が今ここにいたら、何を夢みたいなことを、現実を見ろ、と嗤《わら》うに決まっている。アッコさんが急に話を換えた。

「あなた、明るい海って書いて、あけみというのね。ご両親は海が好きだったのかしら」

「いえ、父じゃなく母が……。海が好きなんです」

もうずっと会っていない母のことを思い出したら、明海の中で何かが決壊した。もう限界だった。せめて泣くまいと歯をくいしばりながら、ずっと胸にあったものを絞り出す。周囲に人の姿がないのが幸いだった。

「私、本当に本当に駄目な人間なんです。何も続かない。何者にもなれない。

何一つまともにやれたためしなんてない。せめて、人並みになりたかったんです。誰でも知ってる企業で、ちゃんと働いて、自分の力で生活を回したかった。もし、会社を辞めたら父になんて言えばいいのか……。私がイタワで働いていることがあの人の誇りなのに」

「別にすぐに辞めたって言う必要もないんじゃないの。次の仕事が見つかってからでもいいしね。言わないだけで、それは嘘でもずるでもないわよ。親への思いやりよ」

アッコさんはあっさり言い、明海は拍子抜けする。そんな考え方、一度だってしたためしはなかった。随分楽になると同時に、アッコさん側にずるずる傾いていきそうな自分が怖かった。アッコさんは大きな赤玉メロンを取り出し、包丁でまっぷたつにする。たっぷりと甘い香りのジュースが波のように溢れ出し、明海は悲しいのも忘れて唾を飲む。

「どうしてあなたが何も続かないのか。そこを考えてみたことはない？」

「それは私が……」

優秀じゃないから、のろまだから、美人じゃないから、口べただから……。これまで高橋リーダーや父や同級生にぶつけられてきた言葉が次々に胸を刺す。

「あなたに問題があるというより、初期設定……、最初の選び方だけが間違っていたってことはない？　あなた、一度でも自分にふさわしい場所を考えたことある？　自分が上手くやっていけるフィールドを見つけてそこで生きていくのは、まったくもって怠慢なことじゃないのよ。むしろ真摯なこと」

明海は口をつぐみ、アッコさんの動き続ける手元を見つめる。野菜が皮ごと刻まれ、メロンがくりぬかれ、ミキサーに放り込まれる。わかっている。自分は一度として選び取ったことがない。自分で選ぶことがどうしても出来ない。自分に合う場所や人を選ぶなんて、恵まれた人間にしか許されないことのように思える。

「こんな私が働ける場所なんてイタワ以外ではもう……。次の仕事なんてこの不況で見つかるかどうか」

回転するミキサーを眺めながら、そうつぶやいた。野菜やメロンがすりつぶされ、みずみずしい飲み物へと変わっていく。アッコさんは出来上がったスムージーをカップに注いだ。

「はい、『木曜日スペシャル』はストレスに負けない体を作るほうれん草、セロリ、メロンのスムージー。メロンのカリウムは血圧を安定させるわ。ささいなことでは動じなくなる」

　明海はためらいなく、すぐに一口飲んだ。メロンの甘さが青い野菜のえぐみを覆い隠し、喉を心地よくすべっていく。アッコさんに愚痴ったせいなのか、スムージーの力なのかはわからないが、胸につかえていたしこりのようなものが消えていくのがわかった。

「例えばあなたが口にしているそのメロンを育ててる山梨の農家、人手が足りなくて困っているらしいわよ。住み込み大歓迎ですって。あんなとんでもない会社で働けるくらいだから、体力はある方なんでしょ？　ねえ、意外と食べていく方法ってあるのよ、探せば。今いる場所から離れても、あなたがやっていける場所は絶対にあるの」

　アッコさんが差し出した二枚目の名刺には、メロン畑の前に立つ若夫婦の写真と連絡先が記されていた。

金曜日

エスカレーターを下りた時から、明海は彼女の様子がいつもの朝と違うことに気付いた。アッコさんはスタンドの奥からスマホ片手に、そわそわと周囲を窺っている。こちらに気付くと、おいでおいでをするように手招きし低い声でひそひそと言った。

「こけしみたいな若い女が来たら、私はいないって言って。いいわね」

ぎょろりと目を動かし、アッコさんは子供なら泣き出すような迫力である。

「え、ちょっと、どこいくんですか」

「店番頼むわ。五分くらいで戻るから。ああ、お客がきたらスムージーを注いで渡して。おつりは籐のカゴの中よ」

それだけ言い捨てると、アッコさんはエプロンの紐を解き、スタンド越しに明海に押し付ける。くるりと背を向け、低い木のドアを押すとさっさと店を後にした。まさかこうやって常連に店番を押し付けているから、好き勝手に動けるんじゃないだろうな——。エスカレーターをすたすたと徒歩で上っていくアッコさんを見送り、明海はあきれてスタンドの中に入る。ご大層なことを言う割りに、彼女の働き方はかなりずさんだ。五分が限度。それ以上戻ってこなかったら、とっとと出勤しよう。そう心に決めて見回したスタンド内は驚くほど清潔でひんやりとしていた。作業台の上の布巾は真っ白でぴしりと角を揃えて畳まれている。包丁はよく研がれていて、顔が映るほどだ。籠の上に盛り上がる旬のフルーツや野菜は新鮮な香りを漂わせ、より一層小さな厨房の空気を清涼なものにしている。その時、スタンド越しに童顔の女が顔を突き出した。

「ここに、おかっぱの女の人が働いているでしょう？　アッコさんって呼ばれてる」

「あの失礼ですが、彼女とはどういったご関係なんですか？」

もしや、アッコさんが逃げている「こけし」とは彼女なのだろうか。

「私は澤田三智子といいます。アッコさんは、私の元上司なんです。『アッコさん目撃情報スレッド』で最近ここにいるって情報が寄せられたから、出勤前に飛んで来たんです。もしかしてあなた、アッコさんの下で働いているの？」

そんなサイトまであるなんて、アッコさんはほとんど芸能人ではないか。一体どれだけの人が彼女を必要としているのだろう。

「いえ、私はただの通りすがりの会社員です。急に店番を任されただけで……」

「あなたもアッコさんに振り回されてるっていうわけ？　大変ねえ」

同胞を見るかのような温かさを持って三智子が覗き込むので、ついロがすべってしまう。

「いえ、今いる会社の方がぜんぜん酷いんで……。アッコさんはしきりに辞めろと勧めるんです。ブラック企業だって。でも、私、氷河期に受け入れてくれたうちの会社をどうしても裏切るような真似できなくて……」

「ブラック企業？」

澤田三智子は目をぱちくりさせ、やがてけたけたと笑い出した。

「アッコさんにブラック企業についてとやかく言われる筋合いないよ。東京ポトフ＆スムージーだって十分ブラックだし！」

「え、そうなんですか？」

三智子は大げさに顔をしかめ、うなずいてみせた。彼女の左右を地下鉄が通り過ぎて行き、肩までの髪がふわっと浮いた。

「そうよ。私、一度だけあそこで、働いたことあるけれど、あんな人使い荒い人、見たことない。よく考えたら、全部タダ働きだったしね。だいたいアッコさんのやる事なす事、めちゃくちゃで強引じゃないですか」

強引だと思ってもいいんだ。明海はそれだけで肩から力が抜けたようになった。三智子に抱きついて、アッコさんへの不満を思う存分吐き出したい気分になる。

三智子はいかにも楽しげにぶちまけ続けている。

「人の話聞かないし、威圧的だし、自分勝手だし、怖いし、おせっかいなくせに秘密主義でぜんぜん心を開いてくれないし……。でも、面白かったんですよね。彼女と働くのは」

三智子の小リスのような目がにわかに輝き出した。平凡な顔立ちがたちまち生き生きと愛くるしくなり、明海は見入ってしまう。

「いつかは一人前になってアッコさんと働くのが、私の夢なんです。実は今日、勤め先の高潮物産で契約社員から正社員になったことを報告しに来たんですけど……。ま、逃げられちゃったみたいね。あなたも、あの人に関わっちゃった以上はがんばってください。きっとアッコさんに見込まれたってことだと思う」

そんなはずない——。このご時世にあんな大手の商社で非正規雇用から正社員に昇格するなんてすごい人だな、と明海は三智子の後ろ姿をまぶしく見送る。ふと気付けば、ホームのぴかぴかの床や思いのほか汚れている壁、通行人の顔などが、冴え冴えと飛び込んで来る。今まで明海にとって駅とは、流れていく風景でしかなかった。しかし、こうやって固定された視点を手に入れてみると、まるで違った側面を見せる。その時、ホームドアにのしかかっている、小柄な男に目を引かれた。何も映していないような瞳を暗いトンネルにぼんやりと向けている。

あの人は私だ――。雑音がすっと遠のき、明海は直感する。四日前のホームで、どうしてアッコさんが自分に声をかけたのかようやくわかった。自殺の意志があるなしに関係ない。彼は日常に絶望しきった、今この場から消えてなくなりたい人間の顔をしているのだ。自分と同じだ。それがこんなに辛く、赤の他人をも胸がつぶれるような思いにさせるなんて。考えてみたこともなかった。自分の悲しみが誰かを悲しませる可能性を。

「やめて！　早まらないで‼　だめだよ」

無我夢中で明海はスタンドを飛び出し、男を後ろから羽交い締めにする。だてに体力勝負の店長業務を乗り越えてきたわけではない。びっくりするほど肉のない、骨格がそのまま伝わって来るような薄い体だった。周囲の人が足を止めてこちらを見ている。腕の中で男は細い声でまくしたてた。

「死のうなんて思ってません。ただ……。電車が遅延したらいいなって思って線路を見ていただけ。そしたら、会社に行かなくて済むのにって考えていただけです……。ほっといてください。目立つのはイヤなんです」

男の体は震えている。おびえきった目は充血し、顔色は悪い。口臭がひどかった。

「あの、お願いだから、いったん落ち着いてうちのスムージーを飲んでください。ちょっと待ってて」

スタンドへと走り、目についた緑色のスムージーをミキサーからカップに注ぎ、すぐに戻って来る。しかし、男の姿はすでになかった。明海はそばにあったベンチにがっくりと座り込んだ。気配を感じて顔を上げると、アッコさんがこちらを見下ろしていた。

「初めてあなたを見た時、つい声をかけた理由、わかってもらえた?」

「……はい」

「あのね、この路線の駅、ホームの端に青い照明をつけているの。気付いた?」

いいえ、と首を横に振る。アッコさんが隣に腰を下ろした。

「青は人の判断を冷静にする力があるんですって。ホームにその照明がついていることで、自殺が減るらしいの。全国でこうした自殺防止の取り組みは増えているのよ」

「そんな、照明くらいで……。人の命が救えるなんて。そんなことあるわけない」

「そうでしょう。私も最初はそう思った。でも、事実、これまでつけられたほかの路線でも、飛び込み自殺は飛躍的に減ったの。青い光の効果よ。それもこの世の真実のひとつなの。人の一生を延ばすのも縮めるのも、そんな取るに足りない、ばかばかしい、ささやかな、なくても誰も困らないようなことなのよ」

まるで人が変わったような、優しくて落ち着いた声だった。明海は自分の手の中のスムージーを見つめた。

「私だってわかってるわよ。一週間やそこらで人生は変わらない。朝食をちゃんととったからってそんなもの自己満足で、誰かに評価されるわけでもない。賢くなるわけでもないし、美人になれるわけでもない。私が押し付けたのは、たかが野菜ジュースよ。眼精疲労やストレスに効く食材を食べたところで、一番大切なのは本人の元気になろうとする意志だもの」

アッコさんはしばらく言葉を切って、線路の向こうのトンネルに目を向ける。すべてを奪い尽くすブラックホールに思える。

「でも私は、それでも暗闇に青い光をともす仕事がしたいのよ。どうせ仕事しなきゃいけないんだったら、誰かの役に立ちたいの。もしかして、それでどこかの誰かが救われる可能性があるならそれでいい。病気かもね、私のおせっかいは。色々、怖がらせて悪かったわ」

そう言うと彼女は明海の方に向き直り、そっと手に触れる。初めてと言っていいほどの、細やかな配慮と落ち着いた態度。これが本当のアッコさんだろうか。

「はい、あなたが手にしているのが最後のスムージーです。もうつきまとわないわ。あなたは自由の身よ。ほうれん草と小松菜とケールと人参のスムージー。これで本当に最後。今回は砂糖もフルーツも入っていないわ。だから、これを甘いと感じるのも苦いと感じるのもあなたの舌次第ということね」

カップの中身を見ると、気のせいかいつもより素材の色が濃かった。

「まあ、なんにせよ、こんなに駅が深い路線を使うことはないわよ。いい？　新しい地下鉄ほど深くて、古い地下鉄ほど浅いの。それを覚えておくこと。明日からは、上手い乗り換え方法を見つけて、五分でも多くあなただけの時間を作るのよ。それを楽しんで。さようなら」

明海の乗る地下鉄がやってきた。なんとなく別れ難い気がして、わざとのろのろと立ち上がる。開いたドアの前に立っても、どうしても乗る気になれなかった。その時、アッコさんが急ぎ足でやってきて、ぽんと背中を押した。思わず足が一歩前に出て、ごく自然に明海は電車に足を踏み入れる。アッコさんと明海を隔てるように、ドアとホームドアが閉まった。アッコさんの仏頂面がどんどん遠ざかっていく。

「アッコさん!!」

自分でも驚くほどの大声が出た。何故かもう二度と会えない気がした。三智子の言うことがふいに蘇ったのだ。ばかな――。あのジューススタンドは明日だってあそこにあるのに。また会おうと思えば、すぐ会えるのに。今生《こんじょう》の別れであるはずがないのに。それでも気付けば、明海は泣いていた。

本当は嬉しかったのだ。アッコさんに構ってもらえることが。幼い頃、母親に無理矢理、ほうれん草やピーマンの料理を口につっこまれたように、「好き嫌いなく食べなきゃ大きくなれません」と飲み込むまで許してくれなかったように、しつこくスムージーを突きつけられ、執念深くがみがみ追い回されることが、本当は嬉しかった。いつも大人しい母が、あの頃は自信満々で神様のごとくキッチンに君臨してた。あんなふうに誰かに世話を焼かれることを、心の奥で自分はずっと欲していたんだ。

周囲に人が少ないのをいいことに、明海は目をびしょびしょにして鼻水をこぼした。ずっと泣くことを禁じてきた。長い間、辛くて悲しくて悔しいと感じることさえ、自分に封じ続けてきたのだ。嗚咽が喉の奥から漏れる。体を二つに折って座席にうずくまると、声をあげて泣いた。ひとしきり泣きわめくと喉が渇き、自然とスムージーに口をつける。

あれ、甘い——。すごく甘い。明海《みらい》は目を見開く。はかなくとけていく砂糖の味ではない、もっと力強く、舌の味蕾にからみついてくるようなたくましい野生の甘みだ。ただの野菜をこんなに甘く感じるなんて。この五日間、生のフルーツや野菜を摂り続けてきたせいなのだろうか。このわずかな間に明海の体は生まれ変わったのだろうか。そう思ったら、涙がようやく止まった。感じることをあきらめていた全身が、にわかに饒舌になっていくのを感じる。

今日はこのまま会社に行こう。義務感などではない。どうしても持ち出したい機密事項があるのだ。塩見さんの電話番号だ。塩見さんに会いたい。顔を見なければ。そして、会ってたくさん、話を聞いてあげたい。こちらのことも聞いてもらいたい。そんなささやかなことで、彼女が少しでも生きる気力を取り戻してくれるのならば。明海に今、出来るのはそれくらいだった。個人情報を利用することは固く禁じられている。だからその後、高橋リーダーに正直に報告し、ひと思いにクビにしてもらうのだ。そんなに上手くいくとは限らない。これまで労基署に訴えたり、辞めようとして失敗し、さらなる苦労を強いられ非道な扱いを受けた同僚をたくさん見ている。とにかく、アッコさんに紹介してもらった弁護士に会いに行って話を聞いてもらおう。きっと大丈夫だ。会社さえ辞めることが出来れば。そして、今いるアパートの家賃を払うことさえ出来れば、父に頼らずともなんとか自由に生きていける。明海は自分で立つために働くのだ。仕事を必ず見つけてみせる。正社員でなくてもいいし、アルバイトの掛け持ちだって構わない。毎日の睡眠と最低限の生活、三食を確保出来る労働環境。寝ることと食べることとしゃべること。それを欲するのは、甘えでも我がままなことでも身の程知らずなことでもなんでもない。真剣に働きたいからこそ、誰かの役に立てる人間になりたいからこそ、必要不可欠なものなんだ。そして、アッコさんがしてくれたように、いつか自分から心の滋養になるものを誰かに差し出せたら――。もしかしたら、これから先、友達や恋人だって作れるかもしれない。自分のこの判断が大きく間違っているとしても、父や高橋リーダーに大声で罵倒されるとしても、明海は今、生まれて初めて自分で道を選び取ろうとしている。

地下鉄は暗闇のカーテンを次々に破るようにして、突っ切っていく。いつの間にか、次の駅に到着していた。

顔を上げると、ホームの端をほんのり照らすように、きれいな青い光がまたたいている。あれがさっき、アッコさんの言っていた――。明海は思わず座席から腰を上げる。同時に列車が動き出す。光に見蕩《みと》れていたのもつかの間、それはすぐに流れ星のように通り過ぎていった。それでも、その残像は明海の内側にいつまでも焼き付いていた。

シュシュと猪

1

せっかく半休を取ったというのに、インターフォンの音で、岸和田塔子《きしわだとうこ》はたたき起こされた。寝ぼけ眼をこすりつつ、マットレスから身を起こす。段ボールの谷間を縫い、よろよろと玄関に向かった。神戸・岡本《おかもと》に引っ越しして六日。仕事の引継ぎに必死で、とても荷解《にほど》きにまで手が回らない。甲高い声が、マンションの廊下から響いてくる。

「岸和田さん、すみませーん。ここのマンションのものなんですけど、ゴミ捨て場まで来て欲しいんです。ちょっと大変なことになってましてて」

ドアスコープを覗くと、見知らぬ女の顔がブライス人形みたいに真横に伸びていた。

「わかりました。今すぐ出ますんで、待っててください」

そう叫んでリビングに舞い戻った。椅子にかけたカーディガンをつかみ、スウェットの肩を覆う。シンクの上に置いたメガネを取り上げ、手首にはめていた黒ゴムで髪をまとめた。サンダルをつっかけながらドアを開けると、先週までの猛暑が嘘のように、湿った九月の冷気が頬を打つ。

「お待たせしました。えーと、ゴミ捨て場ですか」

「すみませーん、寝てましたあ？」

六甲山《ろっこうさん》を背景に、驚くほど細い、お人形みたいな若い女が立っていた。金褐色の髪はくるくると螺旋を描き、人工的な長い睫がびっしりと大きな目を取り囲んでいる。ベルトできゅっとウエストを締めたミニワンピースに、大輪の花のような髪飾り、スワロフスキーの施された長い爪。「神戸コレクション」から飛び出してきたような装いから察するに、このマンション一階のギャル服屋で働いている一人だろうか。前をいつ通りかかっても、ショーウィンドウの奥を見れば、見分けのつかないほどよく似た三人の女性スタッフが、ぺちゃくちゃと暇そうにしゃべっている。

後ろ手でドアを閉め、彼女に続いて足早に廊下を渡る。踏切の音が聞こえたかと思うと、チョコレートバーみたいな阪急電車特急新開地《しんかいち》行きが、すぐそばの建物と建物の間を、さーっと通り過ぎていった。

「私、大島絵梨花《おおしまえりか》っていいます。よろしくぅ。今年の春、ここの近所にある女子大出たばっかりなんですよ。実家はすぐそこなんですぅ。芦屋《あしや》にあってぇ……」

階段にヒール音を響かせながら、絵梨花は何度も振り返り、甘ったれた笑顔を見せる。この細長いマンションは、一階と二階がテナント、三階が大家夫妻、四階は賃貸住宅でまるまる塔子の住まいだ。十畳のリビングの３ＬＤＫ。広々としたバルコニーと、隣り合う部屋がないところが気に入って決めた。

「岸和田さんのお仕事、デザイナーさんなんですよね。クッキーで有名な『ハルストレム』の。この辺やったら、老舗でめっちゃ大企業ですよ。東京の企画室から、本社勤務ってことは栄転？　すごいなあ。バリキャリですよねえ。おたくのバタークリームケーキ、子供の頃からめっちゃ好きなんですよねえ。大学の頃、他大のインカレサークルに入ってたんですけど、そこでお世話になった先輩も入社しはったんですよぉ。確か、会社はポーアイの南公園にありますよねえ。ほら、ＩＫＥＡのある……。ここからやと、三宮《さんのみや》乗換えでポートライナーで通ったはるんですかあ？　ええなあ。海っかわがよう見えて、毎日通勤が楽しやろなあ」

「どうして……」

初対面なのに、何故これほど事情に通じているのだろう。なんだか気味が悪く、塔子はカーディガンの胸元をかきあわせる。

「ああ、大家の宮島《みやじま》のおばちゃんが教えてくれはったんですよぉ。こっちに知っとう人もいいひん独身女性みたいやから、仲良くしたってって言われてもてえ。私、一階の店で働いてるんで、いつでも声かけてくださいねえ」

アーチ形の天井に覆われた集合ポスト前を横切りながら、塔子は舌打ちをこらえる。おしゃべり大家め。引っ越し作業中から、何かと詮索してくるあの老婦人が大の苦手だった。転勤が急だったため、ろくに家探しも出来ず治安と通勤と間取りだけを考慮して即決したが、早まったかもしれない。

「塔子さんみたいなメガネ美人やったら、すぐにこっちで恋人出来る思いますよぉ。それとも、東京の彼氏と遠恋《えんれん》中とか？　私なんてめっちゃ片想い中でえ、イナイ歴四年になるんよぉ。やばいなあ」

「いや……」

マンションは、阪急岡本駅から延びる石畳の下り坂「岡本坂」に面している。六甲山の麓に位置し、町全体がゆるやかな傾斜を描く岡本は、大学が三つも集まっているせいか若い男女で溢れている。異国情緒漂う町並みに、ベーカリーやカフェ、アパレル店がひしめく人気エリアだ。しかし、よくよく考えてみれば、若者も、流行りの店も、塔子は得意ではない。何より、やけに誰もが親しげな関西特有の文化にまったくなじめない。

「ほら、ほら、ちょっと見てくださいよぉ。私、今日早番でえ。朝来てみたら、こないなってたんよぉ。大家さんがこんなん捨てはるはずないし、もしかしたら、塔子さんのかなあって」

絵梨花の長い爪が示す方向を見て、塔子は悲鳴をあげそうになる。明け方、指定の電柱下に出したはずのゴミ袋の中身が、ぶちまけられていたのだ。通行人が横目でちらちら見ながら、駅に向かっていく。よりによって一番見られたくないもの——。密かに作り溜めていた、フェルトのぬいぐるみがごろごろと転がり、石畳に色の洪水を作っていた。傾斜のせいで遠くにまで散っている。慌てて地面に膝をつき、這いつくばるようにして、ぬいぐるみをかき集めた。

「うわ。可愛い。これ全部マカロンですよねえ。めっちゃお洒落やなあ。この色使いとか、ワンポイントのビーズ使いとか、センスええなあ」

気付くと、絵梨花が隣にしゃがんでいて、ぬいぐるみの一つをしげしげと眺めている。恥ずかしさで、頬が熱くなる。誰に見せるわけでもないし、と三十二歳にもなってフェルトスウィーツなんかに手を出してしまった自分が恥ずかしい。ウサギやクマでは、なんだか意思が宿りそうで、捨てる時に煩わしいと思ったのだ。

「なんで捨てはるんですかあ？　こんな可愛いのに」

「いいの。溜まったら邪魔になるだけだし。細かい作業が好きだから、単なる暇つぶしよ」

「ふうーん。でも、なんや、もったいないなあ」

「それにしても、一体誰が、こんなこと……」

途方にくれてつぶやくと、絵梨花があっさり言った。

「きっとベティの仕業ちゃいますか？」

「べ、ベティ？」

「あれ、聞いてはりません？　うちらはそう呼んでるんよ。この辺によう出没する雌イノシシ。漫画のベティ・ブープちゃんに似とるんよ」

「イノシシ？　この町、イノシシが出るの？」

あまりの驚きに腰を上げてしまい、膝に溜めたフェルトマカロンがこぼれ、再び石畳を転がっていく。絵梨花の勤める「カシュカシュ」なる店のウィンドウが朝日を浴びていた。金髪のマネキンや、アクセサリー類がくっきり浮かび上がっている。隣の店は天然酵母のベーカリー、続いてヘアサロン、セレクトショップ……。この町に、どうしてイノシシが？

「あ、知らへんの？　この辺り、六甲山のイノシシがたまに下りてくるんよ。フツーに信号待ちしとお時もあるんやから。バス停におることもあるねんよ」

「そ、そうなの？」

彼女はうなずき、ゴミ置き場の看板を指し示す。

『イノシシ注意。ゴミ出しのときは、後ろをよく見てね』

とあった。添えられたイラストのイノシシは、何故か睫がぱっちりと描かれていた。絵梨花はミント色のフェルトマカロンをひょいとつまみ上げる。真ん中がぱっくり割れ、綿がはみ出していた。

「ほら、ここんとこ、齧《かじ》ったあとあるやろ？　イノシシって、とにかくまず何でも口に入れてみるんよ」

「まさか！　だってこれフェルトよ？」

「イノシシって、とりあえず石でも齧んねん。雑食やから、絶滅せんと今日まで生きてこれたんよ」

外見とは裏腹に、絵梨花は理知的な口調で念押ししてきた。

「とにかく、ベティには気ィつけてな。六甲山でイノシシに人が襲われた事件、今月に入ってから、もう七件にもなんねん」

2

同僚達の誘いをなんとかかわし、二十時四分発の特急梅田行きに飛び乗ることに成功した。緑色の座席に身を沈め、通り過ぎていく三宮のネオンを眺める。こちらの人間の独特の「ノリ」についていけず、一人になると心底ほっとする。

東京の小さな企画室は、個人主義のプランナーとデザイナーばかりだった。忘年会と送別会以外で、同僚が集まることなどまずない。反対に神戸の企画室は、営業も総務も入れ替わり立ち替わり出入りする、だだっ広いワンフロアだ。デザイナー席はパーティションで目隠しされているものの、社員たちは用事があれば平気でひょいと覗き込んでくる。今日の午後も、パソコンで神戸のニュースサイトを見ていたら、突然声をかけられた。

「六甲山の登山客がイノシシに次々と襲われる……か。もしかして、岸和田さんって、登山に興味あるんですか？　山ガールゆうやつですか？」

背後からの能天気な声に、椅子から転がり落ちそうになった。営業の人気者、モッチーこと持田《もちだ》係長が、にこにこ笑っている。阪急デパートで店長を四年務めた彼は、白い歯と笑うと細くなる目が、いかにも関西の〃ぼんぼん〃だ。洋菓子発祥の地、激戦区の神戸で売り上げトップを誇っていたというのだから、見た目によらずやり手でもある。

「いえ、あの、岡本に住んでますので、イノシシ被害が気になりまして」

「ああ、そうや。あの辺、時々下りてきますよねえ。天上川《てんじょうがわ》でウリボーが水浴びしているの、何度か見たことありますよ。学生の頃、岡本の女子大生たちと同じインカレサークルやったんですわ。同い年の子とちょこっと付き合うてたんですよねえ。めっちゃ張り切って、芦屋の『アンリ・シャルパンティエ』が初デートやったなあ。今でも、岡本って聞くとドキッとしますわあ。ははは」

「はあ……」

同僚の女性遍歴など聞きたくもない。こちらの気のない返事をものともせず、モッチーは机に寄りかかるようにして、スクリーン上のイノシシの写真と塔子を見比べている。

「やっぱり、岸和田さんはべっぴんさんやから、イノシシにも好かれるんやろうね」

何と答えていいかわからず、ぎこちなく笑う。

「僕、いまだに御影《みかげ》の実家住まいなんですよ。お隣の駅ですよね？　よかったら今夜、十三《じゅうそう》あたりに飲みに行きません？　うまい串揚げ屋知ってるんですわ」

ほら、きた。塔子はやんわりとした言葉で、拒絶を試みる。

「いえ……。金曜日の夜は家でゆっくり過ごすと決めてますので……」

「へえ、もしかして『ナイトスクープ』楽しみにしてはるんですか？　気ィ合うなあ。岡部《おかべ》まりの後任の、新しい秘書の子、めっちゃ可愛いですよねえ」

少しもめげない笑顔に苛ついた。そもそも、金曜日の夜といえば「タモリ倶楽部」が楽しみなのに、関西では同じ時間に「探偵！　ナイトスクープ」が放送されている。ささいな違いでも、今の塔子には許しがたい。

決定的な言葉で断った時の、モッチーの下がり眉を思い出し、ちくりと胸が痛んだ。

電車は岡本駅に滑り込む。塔子は背筋を伸ばし、ホームへと降り立つ。土地柄にはなじめないが、この駅は気に入っていた。木立ちに囲まれているこぢんまりとした地上駅は、どことなくヨーロッパの小さな町のそれを思わせる。改札を出てすぐのところに、スーパーと百円ショップがあるのが便利だ。

本当は一杯飲んで帰りたいが、店を開拓する気力が今日はない。だいたいこの辺りは学生が多いせいか、カフェやイタリアンやチェーン居酒屋ばかりで、塔子好みの小綺麗な飲み屋がないのだ。

スーパーで刺身でも買って、早く帰ろう。ＰｉＴａＰａを自動改札にタッチしながら、東京での生活が懐かしくてたまらなくなる。谷中《やなか》には五年暮らした。駅前から続く商店街の中にあった、蔦のからまる古びたマンション。仕事が早く終わった夜は、銭湯でさっぱりと汗を流し、焼き鳥屋か寿司屋で軽く一杯。帰りに惣菜屋で明日のお弁当のおかずを買い、軽やかな足取りで部屋に帰った。行きつけの店の店主たちを思い浮かべ、切ない気持ちになる。塔子が常連となり、やってくる時間帯や注文するメニューがほぼ定まっても、決して立ち入ってこなかった。塔子の好みの味つけの小鉢を静かに並べてくれ、こちらから話しかけない限り放っておいてくれた。東京の下町ならではの、さっぱりした、それでいてきめ細かな心配りが好きだった――。

スーパーの自動ドアが開き、塔子はふと視線を感じた。誰かに見られている……。周囲をきょろきょろと見回す。サラリーマンや学生が、改札口から吐き出されていくばかりで、特に異変はない。しかし、振り返って、塔子は悲鳴を飲み込んだ。

狭い通りを隔てた三階建てのレンガ造りの喫茶店。その入り口付近に、高さ一メートルほどの背丈のイノシシが佇んでいるのだ。あまりにもひっそりと、置物のように大人しくしているせいか、通行人も振り向かない。一瞬幻覚かと思い、目をこする。イノシシは静かな目でこちらを見つめていた。

あれがベティ――。ベティ・ブープのグラマラスな肢体や甘えた顔つきと、目の前の獣は何一つ重ならない。全身を覆う褐色の毛、ピンと立った耳、なだらかに盛り上がった背中、すっと細長い顔の先にはスタンプのように平らな鼻。「もののけ姫」の「おっことぬし」を小型化したような、野生の威厳と荒々しさを漂わせている。生まれて初めて間近で見るイノシシの姿に、塔子はかすかに感動してさえいた。が、見つめ合っている場合ではない。ベティの迫力に押されてしまい、買い物をする気は失せていた。回れ右をして、素知らぬ顔で歩き出す。内心どきどきしながら、すたすたと坂を下っていく。恐る恐る振り向くと、十メートルほど後ろを、ベティがのそのそした足取りで付いてきていた。後ろを窺いつつ塔子が足を止めると、ベティも止まる。歩き始めると、それに倣う。

「わあ。あれ、ベティちゃうの?」

長いワンピースの制服に、ファミリアの手提げをぶらさげた女子高生二人が、すぐそばで、きゃあきゃあ騒いでいる。

「写メとろ、写メ。待ち受けにしたら、恋が叶うって噂やん」

「まじでえっ。一緒に写りたいわあ」

どうやら、あのイノシシはこの辺ではちょっとした人気者らしい——。感心している暇はない。塔子は一層足を速める。すると、ベティがシューッとうなったのがわかった。カッとヒヅメを鳴らしたかと思うと、唐突にこちらに向かって駆け出してきた。どうしていいかわからず、塔子は咄嗟に走り出した。なんで、なんで——。恐怖のあまり冷静な判断など出来ない。ひたすら石畳を蹴り、二度三度と後ろを振り返る。ベティがどんどん近づいてきているのがわかった。文字通り猪突猛進。通行人は驚いたように振り返るだけで、まるで助けてくれない。無我夢中でマンションの前にさしかかった、その時だ。

「塔子さんっ。こっち来て、こっちや!」

カシュカシュ正面のガラス扉が半分開き、絵梨花と二人の女の子が大きく手招きしている。塔子は慌てて駆け寄り、彼女たちの手にすがるようにして、店の中へと逃げ込む。ベティが追いついたのと、扉が閉まったのはほぼ同時だ。

バンッという強い音がして、褐色の体が強くぶつかる。平らな鼻がガラスにつぶれ横に広がった。ブフッブフッという怒りの声をあげ、ベティは負けじと後ずさり、体当たりを食らわせる。ぶつかるたびにショーウィンドウ全体が震え、女の子達は歯を食いしばり全身をドアに傾けた。数回攻撃を試みた後、ようやくあきらめたベティは店を離れた。これ幸いと、女の子の一人がすばやく鍵をかけた。ベティは通りの反対にのろのろと移動し、悔しそうにこちらを睨み付けている。ガラス扉には、鼻の跡がくっきりと残っていた。

「ああ、よかったなあ。怪我しとらん? ベティがおらんなるまで、ゆっくりしてってなあ」

絵梨花は、塔子の肩を抱きながら、ケイティ・ペリーの流れる店の奥へと導いていく。息を整え、改めて周囲を見回す。ココナッツ系の甘ったるい香りが充満していて、むせ返るようだ。スワロフスキーのシャンデリアに、ピンクの壁、模造ダイヤのオブジェ。ゴチャゴチャしたまとまりのないインテリアだった。無造作に置かれたいくつもの籠の中には、パンティのようなものが丸めて投げ込まれている。作りつけの棚には、マネキンの頭部が生首みたいにずらりと並び、派手な髪飾りで飾られていた。

勧められるまま、猫足のソファに腰を下ろす。正面の低いテーブルには、マカロンやマドレーヌなどのお菓子の皿が並ぶ。隣に座った絵梨花が、強い口調で言った。

「あかんよお、走って逃げたら。イノシシに遭遇したら、絶対に走って逃げたらあかんで」

「そ、そうなの？　知らなかった。気を付ける」

十歳も年下の女にたしなめられても、塔子は素直にうなずくしかない。

「逃げたら、かえって興奮して追いかけてくるんよ。イノシシってめっちゃ怖がりで猜疑心が強いねん。背中を見るんも、見られるんも、嫌がるんよ」

「へえ……」

「この間のフェルトスウィーツで、匂いを覚えられてもうたんやろな。イノシシって嗅覚が鋭いんよ。塔子さんの匂いが、気に入ったんやろうなあ」

そんなことがあるのだろうか。塔子は思わず手首の匂いをくんくんと嗅いでみる。元々代謝が悪く汗もかかない。体臭はかなり控えめな方だ。香水をつけるのも好きではない。女の子の一人が、華奢なティーカップを運んできてくれた。

「ありがとう。いただくわ」

喉を滑り落ちるバラの香りのお茶は、思いのほか熱く香りが良い。ようやく心が落ち着いてきたが、視線を通りに向ければ、ベティが佇み、目を光らせている。しばらくはここにいるしかなさそうだった。

「私は、河村茉莉江《かわむらまりえ》いいます。塔子さん、大変でしたねえ」

お茶を運んできた女の子が、同情するように言った。絵梨花とほとんど同じような髪型とメイクだが、ややぽっちゃりと幼い印象だ。

「私は、遠藤《えんどう》アミですう。ここのデザインを担当してます」

やはりよく似た出で立ちの、もう一人の女の子が明るく笑う。この子は背が一番高い。

「塔子さんてハルストレムのデザイナーさんなんですよね。お菓子にもデザイナーっていはるんやなあ」

「いや、私が担当するのは、パッケージとか、販促物とか、店舗のインテリアとか……」

「わあ、めっちゃすごーい。色々教えてもらいたいわ。私、デザインとかちゃんと勉強したことなくて、めっちゃ不安なんよぉ」

そう言って横から割り込んできた茉莉江に慣れ慣れしく手を握られ、残り少ないエネルギーが一気に吸い取られていく。

「えーと……。そもそもこのお店、一体何を専門に扱っているの？」

三人は顔を見合わせ、くすくすと笑い出す。アミがちょっぴり得意げに口を開いた。

「ええっ。見たらわかりませんかあ？　うちはシュシュの専門店ですよ」

「シュシュ……」

髪をまとめるのに使う、布でクシュクシュと包まれたゴムのことか。

「知り合いのお針子さんに頼んで、一つ一つ手作りしてもうてんの。ニューヨークで買い付けしたもんも置いとうよ。ほら、うちらが頭に着けているやつ、売り物なんよ」

絵梨花はそう言うなり、髪に飾った花を取り外してみせた。てっきりコサージュかと思っていたが、大きめのシュシュを八の字にねじり、バレッタで留めていたようだ。へえ、こんな着け方もあるのか、とかすかに感心する。

店の中を見て回る。籠の中に投げ込まれたパンティ状のものも、マネキンの髪飾りも、よく見れば皆、シュシュだった。しかし、目新しさはない。素材がサテンだったり、スワロフスキーが縫い付けられていたり、と多少のこだわりは感じられるものの、三宮あたりに行けばめずらしくもなんともないだろう。何気なくその一つに手を伸ばし、目を疑う。なんと、値札に「一万二千円」とあるではないか。ゴムを布で巻いただけの髪飾りが、一万二千円？　アミが楽しげに説明を始めた。

「このお店、女子大に通っていた頃からあっためてたアイデアなんです。ありそうでないですよね、シュシュの専門店なんて。卒業したら、絶対に岡本でお店を出そう、ゆうて三人で計画練ってたんです」

「えっ、ちょっと待って。皆、アルバイトじゃないの？」

「三人とも共同経営者やねん。一応、代表は絵梨花やけど」

茉莉江の言葉に耳を疑い、塔子は目の前の女の子たちをまじまじと見た。こんな大学出たての子供みたいな連中が、この一等地の店の主《あるじ》？

絵梨花がたちまち胸を張った。

「この辺、ここ最近こういうお店、多いねん。若いうちに、岡本とか芦屋にショップ出すのって、神戸女子の憧れやもん。親かダンナさんがスポンサーの、セレブ女子が店長のお店。あはは、セレブゆうて！　うちはそれほどでもないけどな」

「うそつけえ。絵梨花パパはスーパーマーケット社長、茉莉江パパは芦屋の大病院の院長。超セレブやん」

「アミパパこそ、六甲では有名な大地主やん！　昔、『華麗なる一族』のロケで、お家《うち》の庭貸したくらいなんよお」

と、茉莉江がくすくす笑えば、絵梨花が大きくうなずく。

「これでも私達『おしゃれプロデューサー』ゆうて、ちょっと前に雑誌に出たこともあるねん。最近じゃ、ぜーんぜんお客さん来おへんけどね。でもなあ、茉莉江ともアミとも話すんやけど、お金なんてそんなん稼げんでもええし、好きなもんに囲まれてキラキラできるのが、やっぱり一番幸せやん？　潰れてしもても、そん時はそん時やん」

さえずっている絵梨花達を見て、塔子はじわじわと嫌な気持ちになってきた。決して嫉妬などではない。デザイナーとして長年、デパート洋菓子売り場の店作りに携わってきた。現場スタッフの大変さ、店長職の苦労は見聞きしてきた。彼らの役に少しでも立とうと、販促物やパッケージには、目を惹くもの、それでいてすっきりと洗練されたデザインを心がけてきた。物を売るというのはそういうことだ。商品、接客、見せ方。どれ一つ欠けても駄目だ。それなのに、何も考えていないような小娘たちが、親の金だけで玩具のように店を手に出来る。飽きたり、上手くいかなければ、簡単に放り出す。何か間違っていないか、と思った瞬間、とがった声が出た。

「悪いけど、この店がシュシュ屋だって今初めてわかった」

絵梨花たちが口を閉ざした。

「まず、ショーウィンドウのディスプレイがごちゃごちゃ。前を通っただけで、シュシュの店だって、ぱっと一目でわかるようにしなきゃ。例えば、アクリルのケースを積み重ねて、お菓子みたいにシュシュを並べるとか。せっかく洋菓子の町、神戸に住んでいるんだから、元町辺りのケーキ屋さんのウィンドウを見て研究なさいよ。あと、店内のディスプレイも最悪。こんなふうに籠に丸めて突っ込むなんて信じられない。商品に対する愛がなさすぎる。だいたい、一万二千円って何よ。お針子さんはどこに頼んでいるの？　一つ一つ手作り、にしては縫製がかなり雑よ？　ニューヨークで買い付けする暇があったら、大阪のミナミ辺りで安くて丁寧な業者を探しなさい。だいたい、誰が髪飾りに一万円以上も出すのよ。せいぜい三千円になさい。前を通った時に何度か見たけど、接客だってなってない。店員同士がお客そっちのけで、ぺらぺらくっちゃべるなんて最悪。まず、いらっしゃいませ、でしょ。せっかく面白いシュシュの着け方を知ってるんだから、鏡と椅子とブラシを用意して、お客にスタイリングやアレンジ方法を教えるくらいのサービスはしなきゃ」

　一息に言い終え、すとんとソファに腰を下ろす。冷めかけた紅茶を一気に飲み干し、息を吐《つ》いた。言いたいことがあるなら言いなさい、という捨て鉢な気持ちできっと顔を上げると、絵梨花、茉莉江、アミが熱っぽくこちらを見つめていた。

「ありがとうございます！」

「え、何？」

突然、絵梨花に手を握られ、塔子は驚く。茉莉江、アミも身を乗り出していた。

「そういう意見、ずっと待ってたんですよ。うちらハコ入りで、バイトもしたことないから、そういうん全然わからんくて……。正直、悩んでました」

うっとうしいほど真摯な眼差しに、ぐるりと取り囲まれていた。

「今言いはったこと、もう一度いいですか？　メモ取ります！」

「塔子さん、いえ、先輩。茉莉江にもアドバイス、どんどんお願いしますっ」

誰もが顔を赤くし、上ずった声をあげている。なんだか面倒臭いことになってしまった――。ウィンドウ越しに通りを見やると、いつの間にかベティは消えていた。

3

ここのブレンドは、神保町の「ぶらじる」によく似た味わいだ。

塔子はカップを鼻先に近づけると目を閉じ、深くアロマを吸い込む。静かに流れるジャズ、マホガニーで統一された薄暗い店内、塔子が座っているカウンターの向こうには白髪のマスターが寡黙な佇まいでミルを挽いている。ガラス窓からは通りがよく見え、やわらかな陽射しが心地よかった。かしましい若い女の姿がなく、純粋にコーヒーを楽しみに来たらしい老人三人が、それぞれの席で、新聞に顔を埋めているところもいい。

ああ、落ち着く――。岡本坂から住宅地に一歩入ったところにある、この喫茶店『八番館』を見つけられて本当に良かった。図書館の帰りは、必ずここに寄るとしよう。

イノシシに追いかけられるわ、絵梨花たちに懐かれるわ、昨日は散々だった。「Ｔｏｄ’ｓ」の牛革トートバッグから、藍染のブックカバーに覆われた平松洋《ひらまつよう》子《こ》の文庫本を取り出す。ページをめくり、淡々とした中に旨みが滲むような文体とコポコポというコーヒーのドリップ音を、ゆっくりと楽しむ。あの子たちの誘いを断って正解だ。

〈おはようございます。昨日、先輩にアドバイス頂いた通りに、さっそくお店のディスプレイを変えようと思うんです！　今日、大阪に買い物に付き合っていただけませんか？　絵梨花のサークルのＯＢが車出してくれるんですよ〉

図々しいにもほどがある。土曜の朝のまどろみを中断した、アミからのメールの文面を思い出し、疎ましい気持ちになる。連絡先を求められるままに教えてしまった自分にも腹が立つ。どうしてあの子たちは、いや、ここ最近知り合った人間は、自分の要求を堂々と突きつけられるのだろう。こちらの状況などお構いなく、ぐいぐいとにじり寄る様は、まさにイノシシそのものだ。そのまま突進されかねない。

「あ、イノシシっ」

ぎくっとして顔を上げると、目の前のマスターがぽかんとした顔つきで、塔子の斜め後ろを見ていた。振り向くとガラス窓越しに、またもやベティの姿があった。平らな鼻をガラスに擦り付け、つぶらな瞳でこちらを見ている。

「ああ……」

塔子は力なく肩を落とし、文庫本で顔を隠す。そのまま頭を抱え込みたくなった。

「やあ、びっくりしたなあ。最近はあんまり見いひん思うとったけど……。ようここまでイノシシが下りてくるもんやなあ」

気付けば、別々に座っていた老人たちが、カウンター席にわらわらと集まってきた。

「小さい頃は、よう親イノシシがウリボー連れて、とことこ歩いとったなあ。弁当の残りをやると、餌付けはようないって、おかんに怒られたわあ」

「はあ……」

意外にもにぎやかな彼らに戸惑い、曖昧にうなずく。突然マスターがぐいっと身を乗り出し、塔子の顔をまじまじと見た。

「もしかしてあんた、宮島さんとこに越してきた、デザイナーさん？　岸和田塔子さん？」

違う、とも言えず、しぶしぶとうなずく。この町の噂の伝わり方は異常だ。本気で引っ越し、いや夜逃げを考えるべきかもしれない。

「ああ、やっぱり、そうやんなあ。宮島さんゆうてたよ。イノシシに懐かれている女の子がおるって。何でも、一階のギャルたちとも、もう仲良うなってるらしいやん。ベティのおかげやな」

「ベティのおかげ？」

「そ。ベティは世話好きやから一人ぼっちの人間にかまいたがるんよ」

マスターは顔を綻ばせ、人の良さそうな笑みを浮かべた。静謐《せいひつ》な空気が吹き飛び、店内はたちまち和気藹々としたムードに包まれていく。

「いやー、ベティに好かれるなんか、引っ越し早々縁起ええなあ。六甲の守り神やからなあ」

「誰かに懐くのも、久しぶりちゃう？」

「神戸はどない？　慣れた？　僕は、そこの本屋の主人なんやけど、そういえばあんたの顔見たことあるような気ィしてきたわ」

老人たちに一度に話しかけられ、塔子は慌てて腰を上げ、伝票をつかむ。財布から千円を抜き取ると、マスターに突き出した。

「すみません。ちょっと用事があるんで。ご馳走様です」

「そう？　残念やなあ。また絶対来てや。ゆっくり話そうなあ」

マスターはがっかりしたように言うと、五百円玉を差し出した。

「ハイ！　お釣り五百万円!!」

「……」

外ではベティが待ち構えていて怖いけど、これ以上話しかけられるのもやっかいだ。仕方がない――。老人たちの名残惜しげな視線に背を向け、ドアへと急ぐ。もう、この店には来られない。大きく息を吸い、ノブを回すと、カランコロンという鈴の音がする。ベティの茶色の瞳がこちらを見上げている。

「何なの。何がしたいの」

後ろ手でドアを閉め、塔子は思い切って腰を屈めた。ベティの鼻先に顔を近づけ、精一杯怖い顔をしてみせる。

「私の時間を邪魔しないでよ。ほっといて。一人で静かに過ごしたいだけなの」

ベティが、グスグスと鼻を鳴らしている。アケビのような青臭さと獣特有のにおいがプンとして、塔子は大げさに両手で鼻を覆う。

「つきまとったって、何も出ないわよ。その物欲しげな目つき、大ッ嫌い！とっとと山に帰んなさいよっ」

踵を返し、足早に歩き出す。「背中を見せるな」という絵梨花の言葉を思い出したが、気にすまい、と唇を引き締め、岡本坂に出た。後ろを確認すると案の定、ベティがとことこ歩いている。我慢ならないほどの怒りを覚え、「ダイハン書房」の前でくるりと向き直った。本当は「フロイン堂」で食パンを買うつもりだったが、まっすぐ帰るしかなさそうだ。

土曜日のせいか、通りはいつにも増して若い女で溢れていた。茶色の髪、揺れるアクセサリー、甲高いおしゃべりにヒールの音。目にも耳にも騒々しく、塔子はますます不機嫌になる。嫌な予感は的中し、きゃあっという叫び声が背中を追いかけてきた。

「うわあっ、このコ、イノシシのベティちゃうん？」

「早う写メとろ。うわあ、よう見ると、ほんま睫がくるんってしとるなあ」

「可愛いなあ。待ち受けにしよ。待ち受け」

ベティにつきまとわれ続ける限り、塔子に静かな時間は訪れないかもしれない。唇をかみ締め、我が身を呪った。

「あ、塔子さん！」

さらに、聞き覚えのある声がして、舌打ちした。マンションの前にベンツのワゴン車が停まり、絵梨花、茉莉江、アミの三人が、後部座席からアクリル板を引っ張り出しているところだった。

「用事済みはったんですかあ？　丁度良かった。大阪から帰ってきたとこなんです。さっそくディスプレイしてみるんで、意見聞かせてくれません？」

絵梨花の言葉とともに、あっという間に三人に取り囲まれ、カシュカシュの入り口へと押されていく。

「あ、持田先輩！　塔子さん来はりましたよ？」

ショーウィンドウで立ち働くTシャツ姿の背の高い男を見て、塔子は驚いた。なんと、モッチーの細い目が嬉しそうに笑っているではないか。

「やっぱり、岸和田さんやったんですねえ」

口もきけないでいると、絵梨花が二人の間に割って入った。

「ほら、昨日ちょっと話したやないですか。持田さんは、サークルのOBなんですよぉ。お店出す時から色々お世話になってたんです。ハルストレムゆうてた時、もしかしてお知り合いかなあ思うて呼んでみたんですぅ」

「神戸女子のネットワーク、すごいでしょう？　大抵の人と、どっかでつながっとるんよ」

と、茉莉江が自分の手柄のように得意気に言い放った。

「心斎橋《しんさいばし》に出来た東京ポトフ&スムージー大阪店でランチ買うて来たんですよぉ。めっちゃ並びましたよぉ。お茶淹れるんで、塔子さんも一緒にどうですか？」

東京ポトフ&スムージーに行列？　アミの話を聞き、塔子はふん、と鼻を鳴らす。東京じゃいくつも店舗が出来たため今やもう行列は昔話だ。背広を脱いだモッチーは、意外にたくましい体つきをしていて、目のやり場に困ってしまう。

「さっすが岸和田さんやなあ。平日はバリバリ働いて、休みの日には若い子たちの店のプロデュースなんてなあ。お前らもちっとは見習わな、あかんで」

はーい、と絵梨花が肩をすくめて、コケティッシュに笑う。仲睦まじそうな二人を見て、苦い気持ちになった。若い男女の楽しげな様子がまぶしく、自分が年老いたドブネズミみたいに思えてくる。ふいに茉莉江が、塔子の後ろを指差した。

「あ、ベティやん！」

振り向くと、いつの間にかベティが店内に侵入していた。ドアが開け放され、涼しい風が吹き込んでいる。ベティはブホッと鼻を鳴らし、辺りを嗅ぎまわった。もう我慢ならない。

「いい加減にして！　出て行きなさい！」

塔子はベティに詰め寄ると、脅かすように両腕を振り上げた。ベティも負けてはおらず、塔子をまっすぐ見上げ、唸り声をあげる。絵梨花が叫んだ。

「あかん！　イノシシを挑発したら、えらい目にあうで」

大きなお世話だ。ベティが突進してきたが、塔子はさっと身をかわす。やはり咄嗟のことによろけ、尻餅をついてしまった。肩透かしを食ったベティは後ろの戸棚に追突し、ディスプレイされていた籠がごろごろと転がり落ちる。中身のシュシュは宙を舞い、色とりどりの雨を、塔子とベティの上に降らせた。

「だ、大丈夫ですかあ？」

心配そうに手を差し伸べる絵梨花だが、必死で笑いをかみ殺しているのがわかった。慌てて駆け寄ってきた、モッチーや茉莉江たちも同様だ。傍らのベティは、フガフガと鼻を鳴らし、顔や体にまとわりつくシュシュと格闘している。恥ずかしさで首筋が熱くなる。お尻もじんじんと痛い。絵梨花の手をはね除け、自力で立ち上がった。体からシュシュがいくつも落ちた。

「岸和田さんはギャルだけじゃなくて、イノシシにも慕われとるんやな」

モッチーのひょうきんな一言に、どっと笑いが起きる。この状況で何を冷静に笑いをとろうとしているのか。塔子は精一杯の恨みを込めて、その呑気な顔を睨み付けた。笑いものになることだけは、許せない。

ヒヅメの音で我に返った。ドアに向かっていくベティを見て、一同はあっと叫ぶ。なんと、ベティは二つのシュシュを体に引っ掛けていた。鼻先にギャザーたっぷりのピンクのもの、前足にミント色に黒のドットを散らしたもの。どちらも人の手でかぶせたかのように、しっかりとはめられていて、簡単に振り落とすことは出来なそうだった。通りに出たベティは、一度こちらを振り返ると、小莫迦にしたように鼻を鳴らした。暗い色の体に、パステルカラーがよく映えていて、お洒落ですらある。

「ちょ、ちょっと、待ちいな。この泥棒」

「シュシュ返せ！」

アミと茉莉江が、慌てて店を飛び出していく。歩行者で溢れる大通りを、ベティは驚くほどの敏捷さで走っていく。アミと茉莉江が転がるように後を追う。残された三人は散らかった店内に佇んでいた。

「もう、何なのよ……」

塔子は絞り出すような声で呻いた。二人の視線を感じたが、もうどうでもいい。

「せっかくの休みを、どうして滅茶苦茶にされなきゃいけないの」

驚いたことに目頭が熱い。思い出したくもないいくつかの過去が頭をよぎり、このままうずくまりたくなる。これでは昔と変わらない。二十代前半の週末と同じだ。デザイナーとしてハルストレムに転職する前の話だ。

何もかもが不安で、誰からも嫌われたくなかった。華やかで社交的な先輩社員たちに誘われるまま、社会人サークルに入らされた。週末ごとに開催されたバーベキューに合コン、キャンプにホームパーティー。どれ一つとして楽しい思い出がない。人の顔色を窺い、仲間外れにされまいと心を砕き、少しも寛ぐことが出来なかった。その中の一人に強引に押し切られるようにして、関係を持った。ずるずると付き合いが続き、彼が既婚者だと判明した頃には、部屋で一人、電話を待ち続けることに慣れっこになっていた。しばらく後になってから、二人の関係はサークル内の格好のネタだったことを知った。あんな日々にはもう二度と戻りたくない。自分の領分だけは守らねば。

「もう、私に構わないで。こんな店どうなったっていいし。あなたたちには、何の義理もないんだから」

冷たい声で言い放つと、絵梨花とモッチーを見ないようにして、店を後にした。坂の下で人だかりが出来ている。どうやらアミと茉莉江がベティと格闘している様子だったが、背中を向け、マンションの中へと入っていった。

4

針に糸が上手く通せない。

もう十分以上も、前に進めないでいる。四個目のマカロンの縫製をあきらめ、塔子は首の後ろで手を組み、頭を預けた。まだ汚れていない真っ白な天井。

机に向かい、ちくちくと縫い物をしていると、自分が消える。心が休まる。フェルトにサクッと針が通る手ごたえも好きだった。四年前にふと思いつきで始めてから、毎晩の習慣になっていた。ぬいぐるみが一つ出来上がる頃には、まるで霧が晴れるように、悩みやわだかまりが消えているのだ。それが今夜に限って、どうして効かないのだろう。

数分悩んだ後で、塔子はぱっと立ち上がる。荷解きを一気に進めたおかげで、何処に何があるのかは把握出来るようになった。クローゼットからスカーフを取り出すと、三個のフェルトマカロンを包み、カーディガンを羽織る。玄関のドアを開けると肌寒い。

岡本の夜は早い。もう誰も残っていないかと思ったが、カシュカシュの明かりは点いていた。

「捨てるんなら欲しい、って言ってたから」

「CLOSED」のプレートの下がったガラス扉が内側から開くなり、ぶっきらぼうに言い放った。絵梨花は箒を手に、戸惑ったようにスカーフの包みを見つめている。

「みんなは？　あなたは帰らないの？」

「ディスプレイでやってみたいこと、あって……」

「ちょっと、いい？」

返事を待たずに包みを押し付け、店に足を踏み入れる。背後で絵梨花が、ドアを静かに閉めた。短い間に店の印象はがらりと変わっていた。アクリルの飾り棚に、シュシュが標本のようにディスプレイされている。奥の壁には丸い鏡が四つ並んでいて、それぞれに椅子が用意されていた。ウィンドウのマネキンの手足には、たくさんのシュシュが隙間なく連なっていて、離れて見ればカラフルなレッグウォーマーとアームカバーを着けているようだ。色のバランスは悪いし、ちょっと悪趣味ではあるが、通行人の目を惹くだろう。

「ふうん。いいじゃない。あなたが一人で？」

ぼそりと問うと、絵梨花が長い睫を伏せた。

「昔、話題になったレディー・ガガの包帯ドレスをイメージしました。塔子さんの意見そのまんまで、なんや恥ずかしいわあ」

彼女はスカーフの包みを開き、中を覗き込んでいる。

「一人で出来たわけやない。アミや茉莉江や、持田先輩のおかげやし。そもそも、この店かて親が買うてくれたもんやし……。結局は子供の遊びみたいなもんかもしれへん」

塔子が何か言おうとするのを、絵梨花は遮った。

「すごいなあ……。塔子さんは、自立しとるし、一人の時間も過ごせる、大人の女性やわ。最初に会うた時、ビクンってなったんよ。めっちゃ持田先輩の好みのタイプや思うて、うらやましかったわ」

「え、何それ。ちょっと待ってよ」

予想もしていなかった言葉に動揺してしまう。そんな絵梨花の視線が自分を通過し、真後ろに釘付けになっていることに気付く。素早く振り向くと、ベティがショーウィンドウ越しにこちらを見つめていた。鼻と前足のシュシュは、昼間のままだ。茉梨江たちは奪還に失敗したらしい。つぶらな目を狡猾そうに光らせ、ヒヅメでガラスを引っかいている。湿った鼻がぺたりとくっついていた。

「もう、頭にきた！」

「塔子さん？」

咄嗟にマネキンの腕からシュシュを一つ抜き取ると、髪をきりりとまとめる。そして、絵梨花の細い手首をぐい、とつかみ、猛然と扉を引いた。ベティが少し怯えたように退き、シューッシューッと唸り声をあげる。

「あかんで。イノシシを威嚇したら……。かみつかれても、知らんで！」

「どうでもいい！　シュシュを取り返すわよ。これ以上、ベティの好きにはさせない！」

塔子は右足を引くと腰を屈め、両手を広げ、構えのポーズを取ってみせる。傍らの絵梨花も、意を決したように箒を振り上げていた。二人の迫力に恐れをなしたのか、ベティは怒ったようにヒヅメで地面を引っかき始めた。塔子と絵梨花はじりじりと追い詰めていく。突然、ギャアッと威嚇するような鳴き声をあげ、ベティが口を大きく開いた。びっくりするほど綺麗なピンク色の口内と牙が見えた。咄嗟のことに身をすくませていると、ベティの目がきらりと光り、すかさず二人の間に分け入ってきた。

「あっ、逃げたっ」

塔子と絵梨花はもつれ合うようにして、後を追う。暗い坂道を、ベティは恐ろしい速さで駆け上がっていく。駅前を左に折れ、住宅地に入る路地をまっすぐ駆け抜ける。幸い人通りはなく、ベティが誰かを突き飛ばす心配はなかった。街灯に照らされて光る褐色の後ろ姿と、ヒヅメの音を追いかけ、塔子はひたすら走った。遥か後ろで、絵梨花のヒール音とはっはっという苦しそうな息遣いが聞こえる。腕を振り、太腿を高く上げる。こんなに必死に走るのは、一体いつ以来だろう。陸上部だった高校生の頃がかすかに思い出される。

ベティの走る先に、天上川の白い柵がぼんやりと浮かび上がった。六甲山から流れ下るこの川は、阪急線と直角に交わり、町の中心を貫いている。川といっても浅く、幅も狭く、コンクリートで護岸されている。ベティは柵に向かって、まっしぐらに走っていく。危ない、ぶつかる！　そう思った瞬間、視界から姿が消えた。ばしゃっという水の跳ねる音が響く。塔子が柵に駆け寄り川を覗き込むと、ベティは浅瀬に立ち、月に照らされてこちらを見上げていた。

信じられない。柵を飛び越えたのか？　ベティは得意げに鼻をひくつかせると、バシャバシャと水を飛び散らせながら、浅瀬を歩いて行く。鼻先のシュシュに縫い付けたスワロフスキーが闇にきらめいていた。

「イノシシって飛べるの？」

思わずつぶやくと、背後で絵梨花のぜえぜえ声がした。

「飛べますよぉ。百二十センチくらいまでの障害物やったら、目で確かめて、助走つけて飛び越えられるんちゃいます？　あと、泳ぐこともできますよ」

絵梨花の髪は激しく乱れ、シュシュはずり落ちていた。付け睫が剥がれ、目の下も真っ黒になっている。二人はしばらく、六甲山に向かって川を上っていくベティを見守った。塔子が柵に腰かけると絵梨花もそれに倣った。体が火照っているせいか、夜風が気持ち良かった。

「絵梨花さんって、どうしてそんなにイノシシに詳しいの？」

彼女はしばし躊躇していたが、口ごもりつつ答えた。

「それは……。大学の頃、ベティを捕まえよう思うて、色々調べたんよ」

「えっ、なんで？」

「ベティは恋の神様って呼ばれてるんです。もし捕獲出来たら、好きな人と一生一緒にいられるゆう噂もあって……」

そうだったのか。モッチーの明るい笑顔を思い浮かべ、塔子はため息をつく。悪いやつではないけれど、確かに鈍感そうだ。自分を想う後輩の気持ちなど、おそらく気付かないだろう。

「塔子さんって、イノシシに似てはる」

突然の言葉に、塔子は面食らう。

「ええっ、私が？　どこが？」

絵梨花はくすっと笑って、続けた。

「用心深うて警戒心が強いのに、一度心を許すと、どこまでも付いて来るところやな。まっすぐで、なかなか横に曲がれへんところもなあ」

短い沈黙の後、同時に吹き出した。塔子は、久しぶりに声をあげて笑った。ベティを見ていると妙に気持ちを揺さぶられるのは、似たもの同士だったからか。いつの間にか、絵梨花のあけすけな物言いに慣らされつつあった。塔子は勢いよく、柵を飛び降りる。

「ねえねえ、私いいこと思いついた！」

「またあ？　すごいなあ。塔子さんは……」

「ベティのシュシュは着けたままにするの。岡本中を歩くだけで、すごくいい宣伝になるんじゃない？　女子高生がよく携帯で撮影しているくらいなんだもの。私達もFacebookに投稿したり、ツイッターでつぶやいたりして、広めてみない？」

　絵梨花は顔を輝かせ、ぱちぱちと手を叩いた。

「なるほどなあ！　岡本の恋の守り神が着けているシュシュかあ。確かに若い子に受けそうやなあ。噂を聞きつけて、ナイトスクープが取材に来たら、最高やなあ」

　ひとしきり盛り上がった後、塔子は思いついたことを口にすべきかどうか迷う。人生で一度たりとも、口にしたことのない種類の言葉だった。

「その……、ベティの付けているピンクとミント色のシュシュ……。『いのシュシュ』っていう商品名にしたらどうかな」

　絵梨花がびっくりしたように柵を降り、塔子の顔を覗き込んだ。すぐに大きな笑い声をあげ、ばしっと強く肩をぶつ。

「そんなビクビクせんでも！　聞いてるこっちがいたたまれんようなるわ。いやー。そんなベタな駄洒落言う人や思わんかったなあー。これで塔子さんも、すっかり関西人やなあ。にしても『いのシュシュ』て！」

「ひどいっ。私はキャッチーな商品名だと思って、プランナーとして真面目に提案したのよ！」

悔しくなって、彼女の背中を軽く押しかえした。二人の掛け合いは天上川にこだましている。夜風に枯れ草の香りがし、どこからともなく鈴虫の鳴き声が聞こえてくる。もうすっかり秋だなあ、と思ったら、塔子は明日からの生活が急に楽しみになるのを感じた。新しい土地。どんな自分になることも可能だった。

天上川は六甲の夜空を映し、いつまでもせせらぎの音を聞かせていた。

梅田駅
アンダーワールド

生まれて初めて降り立った阪急梅田駅は、屋内にもかかわらず、取り込まれた自然光が存分に差し込み、鏡のように磨き上げられたホームの床を柔らかく照らしていた。こんなに清潔な駅をこれまで見たことがない。広々としたその空間に、たっぷりと間隔を空けて九本もの線路が並び、チョコレート色の阪急電車が連なっている。駅全体が巨大なガラスケースで、ケーキが並べられているみたいだった。

とろりとしたグラサージュショコラを思わせる車両の艶と輝きを見つめていたら、甘いものをしばらく食べていないな、と若林佐江《わかばやしさえ》は気付いた。就職活動が始まってから、ゆっくりお茶をする時間が減った。バイト先のケーキ屋の売れ残りを持ち帰り、一緒に住む祖母と向かい合って、紅茶と一緒に楽しんでいた日々が遠くに思える。

ぼんやりしている暇はない。最終面接まであと一時間。エントリーシートのコピーをよく読み直し、用意してきた面接用の自己ピーアールとのずれはないか、よくよく確認する必要がある。この間のクレジットカード会社が最後の面接でだめになったのは、エントリーシートの内容を緊張ですっかり忘れてしまい、まったく違う志望動機を口にしてしまったせいだった。

何か温かいものを飲んで落ち着こう。余裕を持って行動すれば、大抵のことはクリア出来る。面接開始一時間前には会場の付近に到着し、近所のコーヒーショップで確認作業をすれば、まず間違いない。この一年半で身に付けた知恵だった。生まれつきの方向音痴とのろまのおかげで、何度も駅構内やオフィス街で迷い、面接会場までたどり着けずにチャンスを逃がしてきたのだ。他に学んだことといえば、面接の最中に「この企業は受かった！」と直感した時は必ず落ちている、という哀しい法則くらいだろうか。

ここで内定が出ないと今度こそ後がない。

昨晩は長距離バスに揺られ、十三でようやく見つけたマンガ喫茶のリクライニングチェアで一晩過ごし、ろくに眠れなかった。佐江は磨き上げたパンプスの先を、たまたま目についたホーム中《ちゅう》二《に》階《かい》に位置する喫茶店に向ける。一階部分の空間はがらんと空《あ》いていて、まるでツバメの巣のごとく壁からせり出したつくりになっていた。屋根裏部屋に向かうような秘密めいた狭い階段を上りきると、自動ドアが開いた。黄色いトーンで統一された明るい店だった。天井は低いものの、改札内の喫茶店とは思えないほどゆったりした空間だ。

「いらっしゃいませ」

窓際のカウンター席に腰を下ろし、ウェイトレスの中年女性にカフェオレを注文する。席からはガラス越しにホーム全体が一望できた。昔よく使っていた東急東横線の渋谷駅のつくりと似ている気がするけど、その数倍のスケールと美しさである。光沢のある茶色の電車が連なる様、よく手入れされた植え込みの花、規則的に吐き出される人波、見上げるほど高い天井。すべてがヨーロッパの駅のようだ。「ハリー・ポッター」に登場するキングス・クロス駅を思い出す。ハリーやロンみたいにこのまま魔法の世界に旅立てればなあ、と佐江は小さくため息をついた。

この異国のような駅を通勤に使って、本気でこの街で働くつもりなのか。それは本当に自分の望んだ社会人生活なんだろうか——。いや、今は余計なことを考えるのはよそう。すべては内定を手にしてから、じっくり向き合えばいいことだ。内定が出るまでは、何も望むまい。今の自分は人間でさえない気がする。早く真人間になりたい、と妖怪人間なにがしのように、ホームに向かって、力いっぱい叫びたい気分だ。

「こちらはサービスでございます」

湯気を立てるカフェオレと一緒に差し出されたゆで卵に、佐江は目をぱちくりさせた。普段はチェーンのコーヒーショップを使うことが多いから、こんな柔軟なサービスに慣れていない。ぼそぼそとお礼を言い、卵をテーブルの縁に打ち付け、ひびを入れる。割れ目に爪を立てちまちまと卵の殻を剝くうちに、こんなことをしている場合ではないのになあ、とますます焦ってきた。焦げたソースの匂いが気になって隣を見れば、背広姿のひょろりとした中年男性が焼きそばとご飯を一緒に食べている。焼きそばがおかず、ということなのだろうか。男性はさも美味しそうに、かつおぶしがふわふわと躍る焼きそばをご飯にのせて、かきこんでいる。ちょっと味を知りたい気がしないでもないが、炭水化物に炭水化物なんて、一番太りそうな組み合わせである。こういうものを屈託なく食べるタイプに限って痩せているのが妙に腹が立つ。この頃のストレスからコンビニ菓子に手を出してしまうせいで、いよいよこのリクルートスーツもきつくなっていた。内定が出ないのは百五十六センチ五十四キロのぽっちゃり体型のせいではないか、という嫌な考えが日に日に強くなる。

ガラス越しに光を浴びて輝くかつおぶしは、なんとものどかだ。出かける間際に祖母にかけられた言葉がふと蘇る。

――大阪って面白いところよ。なんでもありなの。思いつきをすぐ商売にする力に溢れていてね。あちこちに高度成長期が残っているみたいなの。昔ふうの素敵な喫茶店もたくさんあるのよ。さーちゃん、楽しんでらっしゃいね。

まるで子供を遠足に送り出すような口ぶりだった。七十歳になったばかりの祖母はお嬢さん育ちも手伝って、佐江が現在進行形で味わわされている辛酸がよくわかっていないようだ。今はむしろ、その無邪気さに救われている。察しの早い両親や妹と一緒に暮らし、あれこれ気遣われていたら、そのプレッシャーに、自分の心は早々に折れていたかもしれない。

最近では滅多に国立《くにたち》を出ることはないけれど、祖父が生きていた頃の祖母は夫婦そろって、国内外問わずあちこちよく旅行していたらしい。就活が終わったら祖母を景色のいい温泉にでも、連れていきたいと思っている。昔から、母も自分も似ていない、ほっそりとした瓜実顔がいかにも優しげな祖母が大好きだったのだ。その頃には自分にも非日常を楽しむだけの余裕が生まれているはずだ。今日だって時間さえあるならゆっくり大阪を観光出来るのに。道頓堀《どうとんぼり》や大阪城を生まれてこのかた見たことがない。

ゆで卵を食べ終えてしまうと、佐江はいよいよ姿勢を伸ばし、エントリーシートを取り出した。さらに最終面接でもう一度提出することになっている履歴書にも不備はないか確認した。印鑑の押し忘れは案外見落としがちである。最後の最後で、企業名の漢字が間違っていることに気付き、修正液を買いに走ったことが過去に一度あったっけ。

本日、営業職で受験する「株式会社エンジェルボックス」はアクリルボックスを扱う小さな専門商社だ。アルバイト先でさんざんケーキ箱を組み立ててきた経験とうまく絡めて、なんとかあの透明の箱への情熱をアピールせねば。

「志望動機……日本人の大切にしてきた『包む』文化の集大成がアクリルボックスです。たくさんの幸せを詰め込める箱という存在を私は愛しています」

受ける企業が変わるたびに、自分の「情熱」の矛先がころころ変わる虚しさに、体の内側がしんと冷える。出版社の面接ではそれまで手にとったこともなかったファッション誌への愛を語り、メーカーでは滅多に食べないレトルト食品についての意見をとうとうと述べた。ネットで得た付け焼き刃の知識なんてプロにはすぐに見抜かれるとわかっている。でも、どんな薄っぺらな発言であれ、よどみなくたくさんしゃべらないとあの張り詰めた空気に負けてしまう気がする。

証明写真の自分は怯えきった顔つきで、目を見開いている。顔色が悪い上、もともと下ぶくれの顔がより一層むくんで見える。やっぱり人事部だって、同じレベルの学生だったら、少しでも美人を採りたいだろう。撮り直した方がいいかなとも思うが、これでもバイト代をはたいて某有名デパートの、女子アナの内定が出ることで有名なフォトスタジオに頼んだものなのだ。

改めて読み返して絶望する。なんと印象に残らないプロフィールだろうか。趣味は読書とお菓子作り、英米文学科卒業見込、TOEIC535点、簿記検定2級取得。その上、大学時代、とくに何かに情熱を注いだことはない。サークルはいくつか覗いたが、しっくり来なくて結局どこにも入らなかった。アルバイトをしたり、ゼミで仲良くなった女の子たちと授業の後にお茶をしたり、一年早く社会人になった先輩の啓介《けいすけ》とのデートで日々は穏やかに過ぎていった。

高校卒業後、栃木の実家を出て、たまたまキャンパスの近所に暮らしていた祖母の家に住まわせてもらうことになった。それから四年間、佐江は国立をほとんど離れなかった。もともと出不精の方向音痴だから、見知らぬ街を地図片手に歩くことが大の苦手である。国立の中で大抵のことは事足りる。大学もバイト先も祖母の家も啓介のアパートもすべて国立のシンボルである並木道に面していた。まれに渋谷や新宿などに出かける時は、東京育ちの親切な誰かが付き添ってくれた。

〈〈自覚する性格〉私は世話好きな性格だと思います。一緒に暮らす祖母は足腰が丈夫ではなく、あまり出歩けないので、家事を手伝ったり、話し相手になったり、進んで面倒を見るようにしています……〉

自分で書いておいて、その白々しさに冷や汗が出る。知人に読まれたら、苦笑いされるだろう。それでも、これくらいシンプルでわかりやすい言葉を選ばないと、自分という人間の輪郭なんて溶けて見えなくなってしまいそうなのだ。

しかし、祖母との時間を歪めてしまっているようで、どうにも後ろめたい。就職活動のウリにしたくて、祖母と暮らしてきたわけではないのに。一緒にいるのが大変だとか、苦痛だとか思ったことはまったくない。いつも甘えさせてくれ、面倒を見てくれたのはむしろ祖母の方だ。好き嫌いなくなんでも美味しそうに食べる佐江を嬉しがり、アップルパイやちらし寿司など、手のかかる料理をことあるごとに作ってくれた。お小遣いもよくくれたし、啓介のことも気に入っていて遊びに来ると歓迎してくれた。家事を手伝うことはあったが、もともと家にいるのが好きな性分なので、祖母と一緒に豆の皮剝きをしたり、保存食の作り方を習うのはむしろ楽しかった。ゼミの課題に疲れた時、啓介と喧嘩した時、祖母とケーキを食べる時間で自分を取り戻すことが出来た。

この項目を読むと、面接官の多くはこう尋ねる。

――それでは、おばあさまの介護を経験したということでしょうか？

介護だなんて、祖母は元気でまだそこまでは……、と慌てて言うと、面接官は皆、ふうん、と失望したような顔つきになる。祖母の体調が悪くないといけないみたいで、こちらとしても苦い気持ちになってしまう。書き替えた方がいいのかもしれないが、大学四年間、一番多くの時間を過ごしたのが祖母となのは事実だった。

――大阪なんて、本当に行くの？

せっかく久しぶりに最終面接まで進んだというのに、三日前に会った啓介の顔には困惑しかなかった。その様子は佐江を悲しくさせ、いたたまれなくさせた。大阪で採用されても、希望次第で東京配属ということもありえる、と訴えても、彼の顔から浮かない色が消えない。いつも穏やかで年よりもずっと老けて見える、彼らしくない反応だった。

——仕方ないじゃない。東京にはもう採ってもらえそうな求人なんてないんだもん。私、このままじゃ、内定出ないまま、卒業することになっちゃう。

——死ぬほどやりたい仕事なら、遠恋《えんれん》もしょうがないかなって思うよ。応援するよ。でもさ、佐江、本当にアクリルケースの営業なんてやりたいの？　佐江が大阪いったら、おばあちゃんも一人になっちゃうんだろう。

啓介の言葉はさりげないが、思いやりに溢れていた。それでも、遠回しにお前には何も出来ない、知らない土地で一人でやれるわけはない、と指摘されている気がした。勤め先の大手保険会社の内定を三年の終わりには手にしていた彼に、きっと自分の焦りはわからないだろう。あれから、なんとなく連絡が途絶えている。

四年生の十一月にもなって内定が出ていないのなんて、ゼミでも自分だけなのだ。二十二年間、これといって大きい挫折もなかった。大学は現役で合格したし、どちらかといえば地味で真面目な学生だったと思う。それなのに、自分よりレポートや発表がずっといい加減だった同級生たちが次々に内定を獲得していく。

もともとぼんやりとしたところがあるが、就職活動となるとさらに頭が回らない。面接官を前にすると、何を話していいか判断がつかなくなる。説明会では、さも賢そうに、わかったふりをしてうなずいているけれど、聞いた内容の半分は右から左に抜けていく。入社して自分が何をするべきなのか、どうやって会社の利益に貢献出来るのか、ホームページを何回読み返してもまったくイメージ出来ない。内定を得た学生はそれをちゃんと理解しているのだろうか？同じような教育を受けてきたはずなのに、彼らと佐江にはどうやら決定的な違いがあるらしい。

その時、携帯電話が震え出した。

椅子を跳ね上げて体ごと電話に飛びついた佐江を、焼きそば定食の男は驚いたように目で追っている。店中の視線が自分に集まっている気がして、佐江は座り直すとこそこそと背中を丸めて携帯画面を覗き込む。着信のたびに青くなったり赤くなったり、自分は本当にみっともないと思う。持ち駒の企業からはすべて不採用通知を受けているにもかかわらず、「もしも」が捨てきれない。

内定者が辞退し、繰り上げ採用になるのではないか、という予感に胸が高鳴る。
着信は天気予報のお知らせメールだった。大阪・梅田付近でもうすぐ大雨が降るという。少しがっかりしつつ、地域設定を関西に変更しておいてよかったと思った。

予定していたルートを変更し、この駅の地下通路を使おうと決めた。スーツに水が跳ねないとも限らない。以前、アパレルの私服面接で、突然雨に降られたために、濡れそぼった髪とセーターで会場入りし失笑された経験が蘇り、かすかに身震いした。企業のホームページを検索すると、

『阪急梅田駅から徒歩五分。地下通路を使う場合は、梅田地下街ホワイティうめだの東側、泉の広場を目指してください。M14番出口を上がって正面に見えるビルの五階です』とある。

カフェオレを飲み干し、卵の殻を受け皿に集めてナプキンをかぶせると、佐江は立ち上がる。会計を済ませて店を出、再びホームに降り立った。地下に「泉」があるなんて、なんだか不思議な感じがする。相当目立つだろうから、きっとすぐ目につくだろう。わからなければ、道行く人に聞けばいい。梅田地下街というからには、このホームの真下にあるに違いない。ならば、とにかく

下へ下へと潜ればいいのだ。

まずはホーム中ほどにある下り階段を下りることにした。小さな改札を出て、再び下へと続くエスカレーターに乗り込む。佐江は思わず、えっと声を上げそうになり、周囲を見回した。なんだろうここ、駅中《えきなか》だよな……、と疑いたくなるほど壮大な光景が広がっているのだ。目の前のだだっぴろいコンコースには太い柱が立ち並ぶ。一、二階部分が吹き抜けになっており、二階部分は回廊のように見える。喫茶店から雑貨屋まであらゆる商店に取り囲まれ、四方八方から膨大な数の人々が行き交う。空間の横幅をほぼ占領している広い階段とこのエスカレーターが下に延びているため、天井はいっそう高く、空間は広く感じられた。振り返ると、背後のモニターにはきらびやかな宝塚の舞台が映し出されていた。紀伊國屋書店の入り口が階段を挟んで、何故か両側に存在する。視界に飛び込む情報の多さといったら、まるで滝のようだ。駅というより、これでは巨大な要塞ではないか。エスカレーターは乗客に「ここで起きていることをよく見て行ってくれよ」とでも言いたげにのろのろと進んでいく。広場を挟んで次のエスカレーターに乗り換えた後、さらに反対方向に向いた下りエスカレーターを使った。地下二階のレストラン街らしき場所にたどり着いた時には、ようやく底に着いた、と思わず胸をなで下ろした。

ここにも一風変わった光景が広がっていた。連なる飲食店に寄り添うように、なんと川が流れているではないか。ぴちゃぴちゃという水音や光が反射する水面と、蛍光灯のきっぱりした明るさや磨き上げられた床が同時に目に入り、奇妙な渦に巻き込まれていくような感覚を覚える。この分だと泉があってもおかしくはない。

すぐそばには、佐江もよく知る老舗洋菓子店の喫茶室があり、古風なUの字のカウンターがしつらえられている。店は川の中に浮かんでいるように見えた。佐江は携帯電話の画面を睨み付ける。何故か、頼みの綱のGPS機能が使えないのだ。もしかして、この場所はかなり深いところにあるのかもしれない。そういえばのろいとはいえ、相当長い間、下りエスカレーターに乗っていた気がする。

佐江は向こうからやってくる、極力話し掛けやすそうな六十代くらいの女性と視線を合わせる。思わず凝視してしまうような、花とライオンを組み合わせた複雑なデザインの紫色のセーターを着ていた。

「あの、失礼しますが。泉……」

言い終わるより早く、女性は遮るようにたたみかけてきた。

「待ち合わせでよう使うあの場所やろ。ここに流れる川をな、ずうっとたどっていけばええねん。その源が広場やから。今、放送で流れてるのは『川の流れる街で』ゆう有名なメロディやねん」

こんな流暢な関西弁、テレビ以外で聞いたことがない。女性はなおも話したそうに見えたが、もはや立ち止まっている暇はない。

「あ、ありがとうございます」

ほっと胸をなで下ろし、川に沿って歩き出す。これなら迷いようがない。余裕を持って眺めれば、地下街を川が流れているというのはなかなか面白い。なんだか、ディズニーランドにでも来たみたいに感じる。川の中に鉄のオブジェが浮かび、花が飾られているのが優雅だ。水底を覗くと当然のように小銭が投げ込んである。飲食店の看板や店構えは、どこか懐かしく目を引くものが多かった。

たどり着いた広々とした浅いプールに、佐江は目を見張る。こんこんと湧き出る水の中に光る円柱が何本もそびえ、草花が咲き乱れ、裸の女神像がその中に建っている。ここは本当に地下なのだろうか。が、見蕩れている場合ではない。

　上り階段はすぐそばにあるが「M14」という数字はしるされていない。あそこに行っても地下一階に戻るだけに思えた。街中に出られるようには見えない。おかしい――。ここは泉の広場ではないのだろうか。すぐ近くを歩いていた、同じ年頃の三人組の女性を慌てて呼び止める。いずれも姉妹のようによく似た出で立ちである。スワロフスキーの光るシュシュで飾った茶色の髪にひらひらのミニスカート。まるで自分がドブネズミに思えてくるような華やかさだ。

「すみません、これって泉の広場じゃないんでしょうか」

　真ん中の瞳の大きな女がすぐに答えた。

「ああ、ここは広場は広場でもトレビの広場ですよ。どの『泉』のこと言うてるの？」

「ええっ、この地下、いくつも泉があるんですか？」

「そうなんよ。ここのすぐそばには水がひゅんひゅん飛び交う水上ステージがあるし、第二ビルには大噴水があるし、西梅田の方には水が流れる壁があるし……」

　目眩がしてくる。一体、この地下にはどれだけ水のオブジェがあるのだろう。

そして、この駅はどれほど広いのだろう。

そもそも駅の地下街に、そんなに泉だの広場だの、必要なんだろうか？

「私が探しているのは、M14番出口の近くの……」

今度はぽっちゃりした小柄な女が首を傾げた。

「あ、それ、ホワイティうめだの泉の広場のことやない？　ここは阪急三番街やからずっと先。四百メートルくらいやなあ」

佐江は泣き出さないようにするのが、やっとだった。時計を見れば、すでに面接まであと二十分。十分前には会場入りし、身仕舞いをする計画だったのに。喫茶店なんて寄らなければよかった。ビニール傘を買って地上を歩けばよかった。もといたホームに戻りたいが、もはや引き返していては間に合わない気がする。三人目のやや背の高い女はあきれたように、顔の前で大げさに手を振った。

「あー、東京の人？　急いでるんやったら地下なんて使うたらあかんよお。巨大迷路って呼ばれているくらいなんやから。私たちも神戸から買い出しで来たんやけど、時々迷うくらいなんよ」

「そうなんですか？」

震える声で問い返す。なんでそんな迷路を駅の中に作るんだろう。よその街から来た人が迷うことを考えないのだろうか。

「そうよお。ウメチカを歩きこなせるようになったら一人前の大阪人よ。災難やなあ」

「ウメチカマップとか地下内の書店で扱ってるんちゃう？　旭屋書店とか清風堂書店とか」

今は寄っている余裕はない。

「なんや、東京の人が迷うてはるの？」

そこへ、まったく関係のない、ぶかぶかのトレーナーを着た三十代くらいの男性がいきなり割って入ってきた。返事する間もなく、昔からの知り合いのような気安さでこう切り出してきた。

「新宿駅や東京駅なんてかわええもんや。ここは東西南北の感覚だけではなく、階層を読みとる感覚も要求される、世界に誇る巨大ラビリンスなんやから」

「階層？」

「ゆるうぃスロープやら短い階段やら、階層を混乱させるトラップがあらゆる場所に仕込まれとって、あんたも知らんうちに、上がったり下がったりしてるんや。三次元の方向感覚が必要になる」

これと似た話をどこかで見聞きしたことがある。そうだ、啓介が好きなテレビゲームだ。複雑な「ダンジョン」が組み合わさった宮殿から脱出するゲーム。宮殿内の構造は、変化し、刻一刻と増大していく。今通った道が次の瞬間はもう消えていたりする。あのゲームを今、実際に体験しているということか。佐江はすぐに音《ね》をあげてしまった。一度だけ挑戦したことはあるけど、佐江はすぐに音をあげてしまった。

「ホワイティうめだの泉の広場に行きたいんなら、ここをまっすぐ歩いて突き当たりを左に曲がれ。赤いロブスターみたいなオブジェが見える頃、道はプチシャンモールに切り替わり、ノースモールに出る。やがてセンターモールにぶつかるけど、ここが最大の難所や。すぐに向かって左のイーストモールに曲がらんと。少し手前のノースモール2と間違えたらあかんで。それからうっかり右に進んで阪神百貨店東入り口前なんて足を踏み入れたら、えらい目にあう。四方八方から人が押し寄せる複雑怪奇なスクランブルや。そもそも、ホワイティうめだは地下鉄梅田・東梅田駅、阪急三番街はもちろん東通《ひがしどおり》方面まで蜘蛛の巣みたいにつなぐ梅田では一番の……」

男の発する単語の一つ一つが蜂になって、頭の中をぐるぐる回る。パーツとしては理解出来るけれど、集合になるとめまぐるしい渦になって、キャッチすることが出来そうにない。でも、今はとにかく、断片を手がかりに前に進むしかないのだ。もう走るしかない。

踵を返そうとした瞬間、瞳の大きな女がこちらの手に何かを押し込んだ。

「これ持ってって。うちらが扱ってる商品なんやけど、岡本じゃお守りって呼ばれとんのよ」

広げてみるとピンク色のシュシュである。遠慮している余裕はないのですぐに右手首にはめた。

「ありがとうございますっ」

佐江は四人に背を向け、あらん限りのスピードで走り出す。後ろで「頑張れ」という声が追いかけてくる。足が震える。息が苦しい。面接会場にさえ、まともに行き着けない。自分がここまで何も出来ないと、これまでの人生で気付けなかった。

カレー屋の窓を飾る、ターバン男の横顔がこちらに冷やかすような視線を送っている。赤いロブスターのオブジェが目の端を横切る。ゆるやかなスロープが現れ、人の数が一気に多くなる。日頃の運動不足のせいで、もうすでに息が切れていた。もともと体を動かすことは大の苦手だ。しかも、ヒールのせいで走りにくい。佐江は一瞬躊躇したが、パンプスを脱ぎ飛ばし右手に持つと、ストッキングだけの足の裏で床を踏む。冷たい感触が脳まで届いた。

通行人がちらちらと振り返る。リクルートスーツを着て裸足で走るぽっちゃりした女は好奇の目と笑いを呼ぶ。それでも足を止めるわけにはいかなかった。

こんなはずじゃなかったのに。早起きしたのに。長距離バスが遅れることを見越して、前の晩に着く便を選んだのに。会場までの道のりは昨晩、グーグルアースでちゃんと確認したのに。東京での失敗のすべてを糧に今度こそ、最高の自分を見せるつもりでこの街に来たのに。ずらりと並ぶ商店の色が歪み、洪水になって押し寄せてくる。串揚げ屋ののれんが翻る。お好み焼き屋から漂う脂やソースの匂いはむせかえるようで、頭がくらくらしてきた。トレーナー男の説明なんてどこかに消えてしまった。こうなったら、勘を頼りに走るしかない。ここがどこで、どこに進めばいいか、もう皆目わからない。

いつの間にか円形の広場に出ていた。振り向くと、阪神百貨店地下食品館の入り口が見える。三百六十度見回すと、何本もの通路が放射線状に伸び、人の波が複雑に交差し、混沌を極めているのがわかる。阪神百貨店の入り口だけは行くな、と言われていたのをようやく思い出し、ぞっとした。泣きそうになって立ち止まり、見上げると案内板には「JR大阪駅」「阪急梅田駅」「阪神梅田駅」の三つの文字がありそっけない矢印が示されているのみだ。ああ、こんなにたくさんの駅をどうして乱暴に一つにまとめようとするのだろう。裸足なのを思い出して、ひとまずパンプスをはき直した。

見れば、東京の人気店そっくりな、「大阪ポトフ&スムージー」と看板がかかったジューススタンドがある。カウンター奥ではおかっぱ頭の大女が前を向いていた。よく言う「バッタもん」の店なのか、正規店なのか。よそものには判断が難しい。

国立に今すぐ帰りたい。あの街はよそものにものんびり屋にも親切だ。街の中央に並木道がただシンプルにどこまでも延びている。

自分は本当に就職をしたいのだろうか。会社員になりたいのだろうか。こんな複雑で不親切な迷路を使う生活を選びたいのか。仮に今日の面接で最高の自分を見せることに成功し、内定を得たとして、いつまでボロを出さずに済むのだろう。一ヶ月先か、一年先か、二年先か。それまで毎日びくびくと、上司や同僚を騙している気持ちを抱えて会社に通うのか。その時、真横から声がした。

「あの、彼女。今、いい？　ちょっと話せない？」

見れば先ほどの焼きそば定食男ではないか。あの店からずっと尾けてきたのかと思うと、わずらわしいのと気味が悪いのとで、佐江は素早く体を後ろに退けた。こちらの剣幕に圧倒されたのか、男はかすかにたじろいだ。怒りのおかげで、少しだけ気力が戻ってくる。

イーストモール……。

そう、あのトレーナーの男は確か、泉の広場はイーストモールを行った先にあると言っていた。腕時計を見ると、面接まであと八分はある。こうなったら、やるだけのことをやるしかない。焼きそば定食男の肩越しに、百貨店の入り口に向かう空の台車が目に入った。佐江は男を押しのけ、台車を押す白い制服姿の若い男に向かって走って行く。

「ねえ、ちょっとそれ貸してください。あとで返しに来ますから」

キックボードのように、台車に乗って疾走するつもりだった。

「え、なに言ってんの、困るよ。俺、ただのバイト。社員に怒られるって」

「ほんの三十分でいいんです」

「ダメダメ」

「じゃあ……イーストモールってどっちですか？」

彼は戸惑った顔つきで、向かってまっすぐの方向を指差した。

「ありがとうございますっ」

佐江は再びパンプスを脱ぎ、手に持つと、イーストモール目がけて走り出した。焼きそば定食男が何か叫んだが、すでに遠ざかっていた。色々な匂いが一つになって突然、風に変わった。

「すみません、どいてください！　急ぐんです！」

佐江のどなり声と足音に通行人らは道をあけ、ぎょっとした顔で振り返る。イーストモールはゆるやかな傾斜になっているらしい。おかげでどんどん加速がついていく。

ついに大きな噴水が見えてきた。日比谷《ひびや》公園にあるような、クラシックな果物皿の形をしている。佐江は床を蹴る足にいっそう力を込める。M14番出口を見付け、やった、と小さく叫ぶ。出口目がけて突っ走った。階段を一段抜かしで上がると、湿気のベールにすっぽり包まれた。

外は景色もよくわからないほどのどしゃぶりだった。これぱかりは仕方ない。

佐江は鞄を頭に載せ、心を決めて走り出す。株式会社エンジェルボックスの入っている細長い雑居ビルはすぐに見つけることが出来た。「会場　↓」と紙の貼られた玄関横の小さなドアを押し、二階へと続く階段を駆け上がった。エレベーター前の狭い通路には折りたたみ椅子がぎっしりと並べられ、五人の就活生が腰を下ろしている。息を切らし、びしょびしょの髪の佐江に鋭い視線が刺さった。

白クマを思わせる色白のでっぷりした中年男性社員は丁寧な、しかし有無を言わさぬ口調でこう言い放った。

「若林さんですか。申し訳ありませんが、遅刻は厳禁です。一分でもだめです。面接の注意事項にそう書いてあったでしょう。お帰りください」

「すみません、本当にすみません。でも、事情があるんです。聞いてくださ い」

もう気取っている場合ではない。佐江はほとんど泣いていた。男はこれまで出会ったどの企業の人間よりも、厳しい口調ではねつけた。

「いえ、結構です。一世一代の面接試験に遅刻するような人間が、優秀なビジネスパーソンであるはずがないでしょう」

「すみません。一時間前には梅田に到着していたんです。あの、雨が降ってきて、スーツに水が跳ねるのが怖くて、それで、濡れないように地下を歩こうと思って……、そうしたら梅田の地下が複雑で迷っちゃって……。私、東京から来たもので、わからなくて」

受験生の何人かがくすくす笑っているのが目に入る。耳まで熱くなるが、それでも佐江は夢中で弁解を続けた。白クマはうんざりしたようにため息をついた。

「甘えるのもいい加減にしてください」

もはや、息が止まるほど容赦ない調子だった。

「言い訳はやめてください。当社とは縁がなかったということで。さあ、帰ってください」

佐江は唇を噛みしめ、泣き叫びたいのをこらえて、のろのろと背を向ける。あの白クマめ……。階段を下りるうちに目頭が熱くなっていく。就職しているというだけで、社会人の代表みたいな顔で人を見下しやがって。内定が出ていないというだけで、ゴミを見るような目でさげすみやがって——。一つだけわかった。そう、内定が出ないのと、デブは関係ないみたい。雨の中をとぼとぼと歩いて、再び地下へと下りていく。噴水の前まで来ると全身から力が抜け、佐江はとうとう座り込んだ。生乾きの髪が体を冷やしていく。手首のシュシュが目に入った。何がお守りだ――。噴水の中に投げ込みたい衝動に駆られたが、そんな元気さえない。

携帯電話を取り出し、すがる思いで力なく操作する。短い呼び出し音の後、なあに、という優しい声がした。鼻の奥がつんとうずく。

「おばあちゃん。どうしてるかな、と思って」

――さーちゃん、どうお？ 面接うまくいった？

あなたの孫を六十社以上の企業がいらないと言っているよ。愛情をかけて育てられ、何不自由ない暮らしをさせてもらったというのに大きな欠陥があるみたい。こんなんじゃ一生、一人前になんかなれないよね――。

様々な言葉を飲み込み、佐江は無理に明るく言った。

「わかんない。駄目だったかもしれない」

――でもねえ、結果なんてどうでもいいじゃない。さーちゃんが無事に帰ってきてくれれば、おばあちゃん、それで十分。帰りはちゃんと新幹線を使いなさい。お金あとであげるから。でね、せっかくだから、何か食べていらっしゃいな。せっかく大阪まで行ったんだからね。きっと気分が変わるはずよ。知らない街で何か食べれば、それはもう旅行になるんだからね。

「うん、わかった。もう切るね」

やっぱり、白クマの言う通り、甘えているのかもしれない。

電話を切った後で佐江はつくづく、自分が嫌になった。こんな時でさえ、当然のように家族に頼る。道に迷った時も、自分で地図を探して読もうとはしなかった。考える間もなく、近くにいる誰かにすがった。すべては自業自得なのに、誰かのせいにしたくてたまらない。日本中の大学生が経験する道なのに、自分一人だけが不幸をしょっているように思えてならない。内定が出ないのを、政治や不況のせいにしたくてたまらない。面接会場に時間前に着けなかったことさえ、大阪という街のせいにしないと、とてもここから立ち上がり、次に進むことが出来そうにない。

来た道をたどって阪神百貨店の食品館の前までのろのろと戻ってくると、さっきの制服姿の男がこちらに向かって飛び出してくるのが見えた。

「あの、すみません、さっきはその……」

「どうだった、面接うまくいったの？」

この街の住人の愛嬌にはいちいち驚かされる。初対面の人となんの屈託もなく、すぐに距離を縮めようとするのだ。こちらが沈んだ顔をしていても、動じるでもない。

「まあ、そうがっかりした顔しなさんな。せっかくやし、粉モン食べていきなよ。ほら、阪神百貨店名物スナックパークがせっかくあるんやし。チョボ焼きがね、俺のおすすめ」

お礼を言い、勧められるがままに、食品館に隣接する立食スペースに足を踏み入れた。東京では見たことのないタイプの店だった。焼きそば、イカ焼き、麺類などの様々な軽食を一つの場所ですぐ食べられるらしく、かなりの数の客で賑わっていた。高いヒールを履いたＯＬまでが、ごく当然のようにカウンターにもたれ、立ったままうどんをすすっている。

「はい、チョボ焼き一つね、マヨネーズはいる？」

注文してすぐ、威勢のいい声とともにソースがびしゃびしゃとかかった四角いお好み焼きが差し出された。軽くふんわりとした生地は舌に優しくなじむ。コロコロと口の中で躍るのは、なんだろう。コンニャクか。

「うまいやろ、それたこ焼きの元祖なんよ」

阪神タイガースの法被《はっぴ》を着た初老の男性が馴れ馴れしく肩を寄せてくる。ワンカップの酒がぷんとにおった。

チョボ焼きの美味しさが佐江の背中を押した。もうダイエットがなんだ、という気がしてくる。どうせ何キロ痩せようと、いい子ぶろうと、自分に内定なんか出ないのだ。

阪神百貨店を後にし、人の波を縫いながら、佐江は次第に猛々しい気持ちになっていく。おばあちゃんの言う通りだ。何か食べれば、この惨めな一日も小旅行になる。観光する気力はなくとも、時間と食欲だけはある今、この地下街は持ってこいだった。串揚げにお好み焼きにおでん。大阪中のグルメというグルメがすべてこの場所に集まっている。お腹が破裂するまで食べて、全部なかったことにしようと思った。

さっそく目についた喫茶店に飛び込む。やや毒々しい色合いの食品サンプルをびっしり並べたウィンドウに惹かれたのだ。

「ええと、この梅田スペシャルパフェっていうのをください」

メニューをろくに見もせず、窓側の席に陣取ると佐江は力強く言い放つ。

運ばれて来たパフェを前に、佐江はしばらくの間、スプーンを手に取ることが出来なかった。丸ごとのショートケーキ、プリン、白玉あん、生クリームが今にもずり落ちんばかりにグラスの上に盛り上げられている。さらに、ウサギ形にカットされたりんごまで飾られていた。やけ食いの欲が潮が引くように消えていった。

こんな無茶苦茶なパフェ、初めて見る。美味しいものを全部ブチこんだといった様相に、佐江は大阪の精神をはっきりと学んだ気がした。つまりは、この地下も同じなんだろう。その時々で良さそう、と思ったオフィスや通路をどんどんくっつけていったら、こんなに複雑怪奇な迷宮が出来上がったのだ。佐江の未来を奪ったラビリンスは、大阪人のサービス精神の産物なのかもしれない。

そんなことを考えながら、ガラス窓越しに地下街をなんとなく見つめていたら、通路で立ち往生している女の子の姿が目に飛び込んだ。佐江はぴんと来た。この中途半端な時期に面接はそう多くない。関西圏はなおさらである。三年生の就職活動が本格的に始まるのは来月からだ。彼女はおそらく四年生、目指しているのはエンジェルボックスではないだろうか。

——あの子、迷ってるんだ。

リクルートスーツ姿で所在なげに立ち尽くし、右手に携帯電話、左手にくしやくしゃの紙を持ちながら、きょろきょろと周囲を見回している。ほんの数十分前の自分の姿ではないか。きっと、エンジェルボックスの次の時間帯の面接を受けに来たのだろう。あの子が今経験している渦のような困惑と焦りが手に取るようにわかる。

——そのまま、迷っちゃえばいいのよ……。

遠くからわざわざやってきたのだろう。内定したら地元の配属を願えばいい、と甘く考えているのだろう。色々なことに目をつぶり、えいやっと内定さえ勝ち得てしまえば後のことはそれから、などと真剣に悩む作業を先送りにしているのだ。だから、彼女の就職活動はうまくいっていない。内定をいくつも手に出来る学生との差はそこだ。内定した瞬間の姿は思い描けても、企業に入ってからの自分をイメージ出来ないのだ。本人はしっかりしているつもりだろうが、よく目を凝らして見てみれば、全身から幼さと油断が滲み出ている。ああいうタイプは一度痛い目にあわないとわからない。自分がそうだったように。

——落、ち、ろ！　落、ち、ろ！

佐江は長いスプーンをぐっと握る。生乾きのシャツが体に張り付く。前のめりの姿勢で彼女に見入ってしまう。なんならあの子の後を尾けて、会場に遅刻するところを見届けたいくらいだ。白クマ相手に泣いて言い訳する彼女の姿を見てみたい。そうなったら、仲間としてそっと肩を抱き、優しく励ますことくらいは出来そうだ。そこまで妄想したところで突然、彼女が何か閃いたように踵を返した。

——あっ、そっちはイーストモール！

まずい。このままでは彼女が無事、泉の広場にたどり着いてしまう。そうはさせるか、と佐江は椅子を蹴って立ち上がる。なんとかしてそれだけは阻止せねばならない。

会計を済ませて店を飛び出し、パフェの写真を撮るのを忘れたことに気が付いた。啓介に写メールを送ろうと思っていたのに。それどころか、ほとんど口をつけていない。振り向くと、先ほど自分が座っていた席がガラス越しに見え、冗談みたいな見た目のスペシャルパフェがテーブルに手つかずのまま残されている。まるで佐江をとがめるように、パフェはこちらを向いて、厳かに佇んでいる。甘いものをまるまる残すなんて、おそらく初めての経験だった。ケーキ屋の売れ残りでさえ、もったいなくていつも一人で引き受けているくらいだ。女の子の姿を捜すのをやめ、佐江はしばらくその場から動けなかった。

就職活動をやめよう――。

急にそう思った。この自分が甘いものを残して店を後にするなんて、どうかしている。こんなふうに困っている人を見て、意地悪な喜びを感じることも。さらに失敗するように仕向けようとすることも。とうとう心のどこかが壊れ始めたのに、違いない。

そもそも、こんな自分が、まともな会社勤めを出来るわけがないではないか。そんな簡単なことに、どうして今まで気付かなかったのだろう。少なくとも、営業職は無理だ。見知らぬ街を目指して電車に乗り、目的地に向かうのが日常の仕事なのだから。祖母とのやりとりを志望動機に結びつけることにも相当な無理がある。

東京に帰ろう。少なくとも、祖母だけは自分を必要としてくれる。ケーキ屋のアルバイトを続けながら、祖母と暮らしていくことの何がいけないのだろう。週五日、九時から閉店まで働けば、ひと月に十八万円以上は稼げる。暮らしていくのに無理な数字ではない。このまま就活を続けて、身も心もすさむより、ずっと健全な生活ではないか。もう、いい。

やめよう――。

そう考えたら、急に足が軽くなった。このまましばらく、地下を探検してもいいかな、と思えてきた。別方向に向かって歩き出す。

すると、長い通路の先に、あの女の子の黒髪を見つけた。早くも道がわからなくなっていているらしい。佐江は走っていって、思わず声をかけた。

「あの、ちょっといいですか？」

大きく息を吸い込み、びっくりさせないように柔らかい話し方を心がける。

彼女は怪訝な目をこちらに向けた。

「もしかして、株式会社エンジェルボックスの面接会場を目指してる？」

彼女は驚いた顔つきでこくりとうなずく。

「あなた、逆に向かっているよ。泉の広場がわからないんでしょ。この地下、めちゃくちゃ難しいもんね」

「教えてくれてありがとう……。あなた……、地元の人？」

「ううん。東京からだよ」

「私もそうなの。すごいね。こんな難しい駅をちゃんと把握しているなんて。あなたみたいな子にはちゃんと内定出るんだろうね。声かけてもらってほっとしてるけど……。これから、あなたと一緒に面接受けるとか憂鬱。私、なんかほんと、もう駄目……」

彼女がうつむくと、目からすっと涙が流れ落ちた。ぴんとアイロンのかかったシャツと新品同様のスーツ、丁寧にブローされた髪にすっぴんに近いメイク。佐江とそっくりな出で立ちだった。素直そうな性格ゆえに人に印象を残さない、そんな女の子だった。おそらく彼女もまた、〝アクリルボックスへの愛〟を、生真面目に語るタイプなんだろう。安心させるために、佐江はぐっと目を覗き込む。

「その心配はないよ。私、一つ前の時間の面接だったの。散々道に迷って遅刻しちゃって、受けられなかったんだ。だからあなたのライバルじゃないよ。よければ一緒に会社まで行ってあげようか。あと、外はすごい雨だから、そこのキヨスクでビニール傘買った方がいいよ」

彼女は感心したような、あきれたような眼差しをこちらに向けた。

「自分は受けられなかったのに、助けてくれたの……？」

「ほら、ほら、ぐずぐずしないで、傘買おう」

目についた個人店らしきキヨスクに彼女を引っ張っていく。どういうわけか、小さな店の至るところにインド人俳優のラジニカーントの写真やブロマイドが

所狭しと貼ってあった。不思議な顔をしていると四十代くらいの女性店員が、

「私の主人が、この人のことが好きなの」

と、こともなげに答えた。女の子も佐江も一瞬絶句したが、褐色の肌をしたラジニカーントのむやみに明るい得意顔をしばし見つめた後、顔を見合わせて笑う。いつの間にか、ぐっとリラックスした雰囲気に変わっていた。女の子は五百円のビニール傘を買い、二人は店を離れた。佐江は人の流れをかき分け、イーストモールへと彼女を誘った。まもなく泉の広場が見えてきて、女の子から安堵のため息が漏れる。M14番出口の前まで来ると、佐江は彼女の肩をぽんとたたいた。

「ええとさ、頑張ってね。緊張しなければ、たぶん、うまくいくから」

自分の口から出た言葉には思えなかった。自分が誰かを励ましているなんて。誰かに頼って道案内してもらうのが常だったのに。

「じゃ、私はここで……」

「ごめん、あの……。申し訳ないんだけど、会場まで付いてきてもらえる。あなたと一緒なら、受かる気がするの」

女の子の必死の眼差しは、到底はねつけることが出来そうにないものだった。

この子を無事に面接会場に送り届けることが出来るのなら、この一年半、頑張った甲斐はあるのかもしれない。

そのまま地上に出、佐江は彼女の傘に入れてもらって、再び雑居ビルを目指した。ビル内の細い階段を上りきると、ここだよ、と面接会場前の通路を示す。

「ねえ、これお守りなんだって。よければあげる」

ふと思いついて手首からシュシュを外すと女の子へと差し出した。本当にありがとう、とかすれた声でつぶやき、彼女はシュシュを受け取ると、就活生の列へと加わった。通路にいた白クマはすぐに佐江に気付き、表情を険しくした。

「なんだ、また来たんですか。あのねえ、何度も言うようだけど、遅刻は……」

「彼女を連れてきただけです。道がわかりづらいみたいで。じゃ、私はこれで……」

「へえ、驚いたな……。自分が受けられなかったのに」

白クマ男はつぶやき、しげしげと佐江を見つめた。こういう時、テレビドラマなら必ず優しいピアノ音楽が流れる。彼の硬い表情がやわらぎ、その手は面接会場のドアにかかる。そして、社員らの拍手がファンファーレのように巻き起こり、佐江は温かく迎え入れられる。この美談は気むずかしいことで知られる会社の権力者の耳に入り、彼は今時めずらしい心のある娘だと感動する。佐江は見事、内定を勝ち得る。……一瞬、思い描かなかったと言ったら嘘になる。

そんな夢みたいな展開はやっぱり起こらなかった。

「では、皆さん、一人当たり十五分の面接となります。番号順に……」

白クマはすぐに佐江に興味を失ったと見え、さっさと待機中の就活生らに目を向けて、注意事項を説明している。佐江は先ほどの彼女に小さく頭を下げる。彼女もまた、佐江のことなど見ていなかった。白クマの説明を食い入るような顔をして聞いている。佐江はもう、完全にここに用のない人物だった。ならば、立ち去るのみだ。さばさばとした気持ちで、彼らに背中を向ける。

本日二度目となる狭い階段をさっさと下り、ビルを後にした。外に出ると雨はいっそう強くなっていた。また濡れるのも構わず、佐江は地下への下り口に向かって歩き出す。階段を下りながら、自分でも驚いたことにほんのりと懐かしかった。今日一日でだいたいの構造を覚えたせいもあるが、天候に左右されないこの空間に今は安らぎを見出している。

せっかくなので、改めて泉の広場をじっくりと見て回ることにした。大げさでデコラティブなロココ調は、トレビの広場にも共通するムードだ。天井には青空の絵が描かれている。水しぶきが激しすぎて、噴水の周りをびしゃびしゃと濡らしている。先ほどのチョボ焼きのソースみたいだ、と思ったら、おかしかった。

それにしても動きすぎたせいか、リクルートスーツのお腹のボタンがはじけ飛びそうだ。楽な服装に着替えたい、と思った。先ほどの阪神百貨店前で見かけた、なかなか可愛い出で立ちのマネキンを並べていたアパレルショップが気になっている。あそこで、お腹のゆったりした柔らかいスカートやふわふわしたブラウスを買って着替えよう。ショッピングなんて、もうずっとしていない。こうなったら、帰りは祖母の言葉に甘えて大阪から新幹線で帰ろう。長距離バスはもうこりごりだ。そういえば、金券ショップもどこかで見かけている。お好み焼きをテイクアウトして車内で食べるのだ。祖母と啓介にお土産も買わねば。そう計画するうちに俄然、ここにいることが楽しくなってきた。街に出ずとも、地下だけでほとんどのことが間に合う。さらに、この通路は大阪駅まで続いている。突然、視界がふさがれた。

「あ、さっきの子だよね。よかった、また会えたね。なんか、誤解があったみたいだから」

あの焼きそば定食男ではないか。まったくなんてあきらめが悪いんだろう。もしかしたら、先ほどの女の子とのやりとりをどこかで盗み聞き、引き返してくることを見越して待ち伏せしていたのかもしれない。佐江はうんざりして、ここで片をつけてしまおうと、男を正面から見据えた。

「なんなんですか、さっきからあなた」

「あ、ごめん。あの、怪しいものじゃないんだ。君に興味があるだけ」

ナンパなんて滅多にされたことがないから、対応に困ってしまう。

「こういうものなんだけど。お笑いの世界に興味ない？」

彼が差し出したのは、大阪に本社を置く、多数のお笑い芸人を抱える芸能事務所の名刺だった。日本中、誰もが知っている超有名企業ではないか。

「お、お笑い？」

まったく予想していなかった誘いに、佐江はまじまじと男を見返した。確かにナンパにつきものの卑屈さとねばっこさが彼の目には浮かんでいない。

「さっきから、あたふたしている姿があんまり面白くて……。いきなり疾走するわ、人にじゃんじゃん話し掛けるわ。関東人にしては物怖じしないし、リアクションが新鮮だよね。ぽっちゃりしてて、あ、悪い意味じゃなくて、すでに完成されたキャラクターなんだよな。泣いてる顔もなんか笑っちゃうし。養成所に入ってみるつもり、ない？」

失礼なことを言われているのに、真剣に聞き入っている自分がいた。

「そんなにおかしいですか？　私……」

「あれ、怒っちゃった？　でも、言われない？　面白いね、って。素質あるよ」

男は何かを思い出してか、クスクス笑っている。

彼に言われて、佐江は初めて気付いた。自分は人から笑われてばかりではないか。ケーキ屋のアルバイトで、ゼミの発表で、ちょっとした言い間違いや勘違いをするたびに、周囲はよく笑っていた。それに今日一日だけで何人に笑われたことだろう。恥ずかしかったし、悔しかったこともあるけれど、そういえば皆やけに好意的だった。この地下で自分を包んだのはどれも、ざらりとしたもののない、温かい反応だった。

結局、自分の人生最大の不幸も、通りすがりの誰かにとってはおかしくて笑える一ページなのだ。少し前なら、そう気付いてもカッとなったり惨めになっていたかもしれないが、今はごく当たり前のこととして受け止められる。それどころか、なんだか愉快ではないか。

大阪までやってきて、道に迷って帰るだけだなんて。そりゃ、笑い物になるはずだろう――。佐江はその日、初めて声を出して笑った。男は不思議そうに首を傾げたが、すべては「笑い」につなげられるのか、すぐににやりと唇を曲げた。

一つの席をめぐって、争うのが就活だと思っていた。そのためには、自分を殺したり、誰かを出し抜くことがあっても仕方ないと思っていた。目先のことに気を取られてばかりで、自分が選ぶべき椅子の大きさや色形についてちゃんと考えたことがなかったと気付く。

やっぱり、祖母のそばで働きたいのだ。なるべく決まった場所に通える内勤の仕事。自覚しているキャラクターは「大のおばあちゃん子」、セールスポイントは「人を笑わせること」。条件を絞ることと、甘えは違う。自分を知り冷静に見極めることと、あきらめもまた違う。受けられる企業が減るかもしれないが、無駄打ちも減るだろう。三月までに決まらなかったら、アルバイトを続けながら、卒業後もチャンスを窺えばいいだけだ。焦ってどうにかなる段階はとっくに過ぎたのだ。それは悲しいことだけれど、焦らねばならない最悪な段階もまた、とっくに過ぎたのかもしれない。歩くうちに階層が移動しているこの地下街のように、いつの間にか自分は一番低くて一番暗いところをすり抜けていたのかもしれない。その証拠に今、この状況を面白がれるだけの余裕が生まれている。

生まれて初めて差し出される社会人の名刺を、佐江は少し照れながら、腰を折り両手を伸ばしてうやうやしく受け取った。それだけで、世界のしっぽをつかまえた気がした。

「悪いようにはしないよ。きっといい未来が待っていると思うよ」

男はやけに自信たっぷりだけれど、連絡することはないと思う。でも、祖母にこの名刺を見せてスカウトされたことを話したら、きっと笑ってくれるだろう、と佐江は想像する。

外は大雨でおまけにここは地下だというのに、泉の広場の天井には青空が広がっている。

[参考文献]

「賢人の会議術」
川口淳一郎 他 著／幻冬舎

「イギリス式　月収20万円で愉しく暮らす」
井形慶子 著／講談社＋α文庫

「お茶の時間のイギリス菓子 伝統の味、地方の味」
砂古玉緒 著／世界文化社

「イギリスのお話はおいしい。」

白泉社

「働くってなに？　ブラック企業大論争」
城繁幸 監修／別冊宝島2103

「免疫力をアップするベジタブル・スムージー」
白澤卓二・ダニエラ シガ 著／PHP研究所

「心とカラダを整える　スムージー＆スムージー」
西邨マユミ 著／講談社

「るるぶ梅田」
近畿24・4091号／JTBパブリッシング

「イノシシから田畑を守る――おもしろ生態とかしこい防ぎ方」
江口祐輔 著／農山漁村文化協会

・本書は2014年10月に小社より刊行された単行本に
加筆修正を加えたものです。

初出誌 「小説推理」
「3時のアッコちゃん」 2014年3月号
「メトロのアッコちゃん」2014年6月号
「シュシュと猪」 2012年3月号
「梅田駅アンダーワールド」 2013年2月号

双葉文庫

ゆ-08-02

3時《じ》のアッコちゃん

2017年10月15日　第1刷発行

【著者】
柚木麻子《ゆずきあさこ》

【発行者】
稲垣潔
【発行所】
株式会社双葉社
〒162-8540 東京都新宿区東五軒町3番28号
［電話］03-5261-4818(営業)　03-5261-4840(編集)
www.futabasha.co.jp
(双葉社の書籍・コミックが買えます)
【印刷所】
大日本印刷株式会社
【製本所】
大日本印刷株式会社
【CTP】
株式会社ビーワークス

【表紙・扉絵】南伸坊
【フォーマット・デザイン】日下潤一
【フォーマットデジタル印字】恒和プロセス

ISBN978-4-575-52037-8 C0193
Printed in Japan

双葉文庫　好評既刊

ランチのアッコちゃん

柚木麻子

地味な派遣社員の三智子は彼氏にフラれて落ち込み、食欲もなかった。そこへ黒川敦子部長、通称アッコさんから声がかかる。「一週間、ランチを取り替えっこしましょう」⁉　読めば元気が出るビタミン小説。

双葉文庫　好評既刊

生き直し

岡部えつ

優等生の相原真帆は、ある事件がきっかけで〝最下層〟の境遇に陥る。転校先の小学校では、同じことを繰り返したくない。孤高とも言える幼き真帆の背筋の伸びた姿勢が胸を打つ、問題作にして傑作がここに。